岩波文庫

32-820-1

ミゲル・ストリート

V. S. ナイポール作
小沢自然
小野正嗣 訳

岩波書店

V. S. Naipaul

MIGUEL STREET

1959

母とカムラに

目次

ミゲル・ストリート

1　ボガート

ハットの朝いちばんの日課は、裏のベランダの手すりに腰かけて、「どうだい、ボガート？」と大声で呼びかけることだった。

ボガートのほうは、ベッドで寝返りを打ちながら、「どうだい、ハット？」と、誰にも聞かれないように静かにつぶやくのだった。

どうして彼がボガートと呼ばれているのかはちょっとした謎だった。でもその名前をつけたのはハットじゃないかと思う。映画『カサブランカ』が作られた年を覚えているだろうか。その年、ボガートの評判はポート・オブ・スペインじゅうに火のように広まり、何百という若者がボガート風にハードボイルドを気取りはじめたのだった。

ボガートと呼ばれる前は、彼はペイシェンスと呼ばれていた。朝から晩までペイシェンス（ひとりでするトランプゲーム）をやっていたからだ。けれど、彼はトランプなんて全然好きではなかった。

ボガートの小さな部屋に行ってみると、いつでも彼はベッドに腰かけ、目の前の小さなテーブルにトランプを七列に並べていた。

「どうだい、相棒?」とボガートは静かに訊ね、それから十分か十五分は何も言わなかった。そのうちなんとなく、ボガートと話をするなんて本当は無理なのだと思えてくるのだ――それくらい退屈そうで取りつくしまもなかった。ボガートの目は小さく眠たげだった。ぽっちゃり顔で、髪は黒く光り、腕はむっちりしていた。でも、面白い男ではなかった。何をするにしても物憂げで、それが見ている人をうっとりさせるのだった。トランプを配ろうと親指をなめるときでさえ、優雅さが感じられた。

彼ほど退屈している人を僕はそれまで知らなかった。

ボガートは表向き、仕立てで暮らしていることになっていた。いくらかお金を払って、僕に看板まで書かせた。

仕立ておよび裁断屋

オーダーメード・スーツ取り扱い

人気の競争価格

　ボガートはミシンを一台と、青、白、茶色のチョークを買った。けれど、彼が誰かと競争している姿なんて想像もできなかった。それに、彼がスーツを作っていたところも思い出せない。ボガートは少しポポに似ていた。ポポはボガートの隣に住んでいた大工で、家具のひとつも作ったことはなかった。それでいて、いつでもかんなをかけたり、のみで穴を開けたり、彼がたしか「ほぞ穴」と呼んでいたものを作ったりしていた。「ポポさん、何作ってんの?」と僕が訊くと、ポポはいつだって、「おっ、坊主。そいつが問題なんだよな。おいらは名前のないモノを作ってんのさ」と答えるのだった。ボガートはそんなものさえ作っていなかった。

　僕は子どもだったから、ボガートはどうやってお金を稼いでいるんだろうなんて考えもしなかった。大人がお金を持っているのは当たり前だと思っていたのだ。ポポには奥さんがいていろんな仕事をしていた。それで奥さんは、何人もの男と親しくなったのだ。ボガートにも母親や父親がいるなんて思いもよらなかった。それに、ボガートが自分の小さな部屋に女を連れこんだことはなかった。この小さな部屋は召使い部屋と呼ばれていたけれど、母屋の住人の召使いがそこに住んだことは一度もなかった。単に建物の造りのせいでそう呼ばれていただけだ。

ボガートに友人がいたなんて、いまでも少し信じられない。けれど実際のところ、彼には友人がたくさんいた。文句なくストリートでいちばんの人気者だった時期もある。彼がストリートの主な面々と表であぐらをかいているのをよく見かけた。といっても、ハットやエドワードやエドスが話しているあいだ、ボガートはうつむいて地面に指で輪を描いているだけだった。声を立てて笑うことはなかったし、話をすることもなかった。それでいて、パーティーなんかのたびに、「ボガートがいないとだめだぜ。あの野郎はとにかく頭が切れるからな」と誰もが言うのだった。ある意味では、ボガートはみんなを大いに慰め、安心させていたのだと思う。

そんなわけで、前にも言ったように、毎朝ハットは「どうだい、ボガート?」と大声で呼んだ。

そして、「どうだい、ハット?」とボガートがぼそぼそつぶやくのを待つのだった。

けれどある朝、ハットが大声で呼んでも返事がなかった。変わるはずがないと思われていた何かが失われていた。

ボガートはぷっつり姿を消してしまった。ひとことの断りもなしに、僕たちのもとを去ったのだ。

ストリートの男たちは、まる二日というもの悲しげで口数も少なかった。彼らはボガートの小さな部屋に集まった。ハットはボガートのテーブルに置いてあったトランプを手に取ると、もの思いに沈みながら二、三枚ずつ落とした。

「野郎はベネズエラへ行ったと思うか?」とハットが言った。

けれど誰も知らなかった。ボガートはそのくらい無口だった。

翌朝、ハットは起きるとタバコに火をつけ、裏のベランダへ行った。そして大声で呼びかけようとして、ボガートがいなくなったことを思い出した。その朝、彼は牛の乳をいつもより早くしぼり、牛たちはそれをいやがった。

ひと月が経ち、そしてまたひと月が経った。ボガートは戻ってこなかった。

ハットとその友人たちは、ボガートの部屋を自分たちの溜まり場《クラブハウス》として使いはじめた。賭けトランプ《ワッピー》をやったり、ラム酒を飲んだり、タバコをふかしたりした。ときには、どこから来たのかもわからない女を部屋に連れこんだ。当時ハットは、賭博と闘鶏で警察ざたになっており、それをもみ消すのに多くの金をつぎこまなくてはならなかった。

まるで、ボガートなんてミゲル・ストリートにそもそもやって来なかったかのようだった。それに、ボガートがストリートに住んでいたのはたかだか四年かそこらのことだった。ある日、スーツケースひとつで現われると部屋を探しはじめた。そしてハットに声をかけたのだ。ハットはタバコを吸いながら門の外であぐらをかき、夕刊のクリケットのスコアに目を通していた。そのときでさえ、ボガートは多くを語らなかった。ハットによれば、「空き部屋を知らないか」と言っただけだそうだ。そこでハットは、隣の家の庭へボガートを案内した。そこにはこの家具つきの召使い部屋があり、月八ドルの家賃だった。ボガートはすぐさまそこに腰を落ち着けると、トランプを取り出し、ペイシェンスを始めた。

これを見て、ハットは感心した。

そのほかの面々にとっては、ボガートは最初から最後まで謎の人物だった。彼はペイシェンスと呼ばれるようになった。

ハットをはじめ誰もがボガートのことなど忘れてしまったかというころ、彼は戻ってきた。ある日の朝七時ごろ、エドスがベッドで女といたところに姿を現わした。女は飛び起きて金切り声をあげた。エドスも飛び起きたけれど、彼の場合は怖かったというよりバツが悪かったのだ。

「どけよ。くたびれてるから寝てえんだ」とボガートは言った。

彼は夕方五時まで眠った。目を覚ますと、部屋には昔の仲間たちが詰めかけていた。バツの悪さを隠そうと、エドスは大声でしゃべっていた。ハットはラム酒を一本持ってきていた。

「どうだい、ボガート?」とハットは言った。

すると、「どうだい、ハット?」と、あのいつもの返事があって、ハットは喜んだ。

ハットはラム酒の瓶を開けると、ソーダを一本買ってこいとボイーに大声で言いつけた。

「牛はどうだ、ハット?」とボガートは訊ねた。

「上々さ」

「ボイーはどうだ?」

「ボイーも上々。たったいま野郎を呼んだの、聞こえたろう?」

「エロルは?」

「野郎も上々さ。それにしてもどうだい、ボガート? おまえこそ上々か?」

ボガートはうなずくと、マドラス風のラム・ショットを長々とあおった。そして一杯、また一杯と続けた。瓶はすぐに空になった。

「心配すんな」とボガートは言った。「おれがもう一本おごるぜ」

ストリートの面々は、ボガートがこんなに飲むのを見たことがなかったし、こんなにしゃべるのも聞いたことがなかった。それで彼らは心配になった。どこに行っていたのか、誰もボガートに訊ねようとはしなかった。

「おまえら、おれの部屋でずいぶんお楽しみだったんだな」とボガートは言った。

「おまえがいるといないじゃ大ちがいだぜ」とハットが答えた。

でも、みんな不安だった。しゃべるときに、ボガートは口をほとんど開けなかった。唇がややねじ曲がり、アクセントは少しアメリカ訛りになっていた。

「ちげえねえ、ちげえねえ」とボガートは言った。その言い方が実に決まっていた。まるで俳優みたいだった。

ボガートが酔っ払っているのかどうか、ハットにはわからなかった。言っておくと、ハットはレックス・ハリソン（イギリスの俳優。『マイ・フェア・レディ』のヒギンズ教授役で有名）に似ていた。そして、その似ているところをできるかぎり強調しようとした。髪をうしろになでつけ、目を細め、ハリソンみたいな話し方をした。

「ちくしょうめ、ボガート」と言ったハットは、レックス・ハリソンそっくりだった。

「もう洗いざらいしゃべってくれたっていいじゃねえか」

ボガートは歯を見せて、いかにもひねくれた感じで笑った。

「ちげえねえ、教えてやるよ」と言うと立ち上がって、親指をベルトの内側に突っこんだ。「ちげえねえ、何もかも教えてやるぜ」

ボガートはタバコに火をつけ、わざわざ煙が目に入るように体をそらし、目を細めてゆっくりと話しだした。

彼は船の仕事を見つけ、英領ギアナに渡ったのだ。そこで船を抜け出し、内陸へと向かった。ルプヌニ川でカウボーイになり、（何をとは言わなかったけれど）ブラジルへの密輸に関わった。それから、ブラジル出身の娘を何人か集めてジョージタウンに連れていった。街いちばんの売春宿を経営していたけれど、卑劣なことに警察は、わいろを受け取っていたにもかかわらず彼を逮捕したのだった。

「一流どころだったんだぜ」と彼は言った。「ごくつぶしはお断り。裁判官に医者、それにおエラい役人連中がもっぱらの客でな」

「それでどうしたんだい？」とエドスが訊いた。「ムショ行きかい？」

「どうしておまえはそんなに馬鹿なんだよ」とハットは言った。「ムショだって？　本人がおれたちの目の前にいるじゃねえか。どうしておまえらそう馬鹿なんだ？　どうして野郎の話を聞かねえんだ？」

でもボガートは腹を立て、もうひとこともしゃべろうとはしなかった。

＊

それからというもの、ストリートの面々の関係は変わった。ボガートは映画のボガートになり、ハットはハリソンになった。そして、朝のやりとりはこうなった。

「ボガート！」

「うるせえんだよ、ハット！」

いまやボガートは、ストリートでもっとも怖がられる男になっていた。大足《ビッグ・フット》でさえ、ボガートのことを怖がっていると言われていた。ボガートは酒を飲み、悪態をつき、賭け事にのめりこんだ。表を歩いている娘たちにひどい言葉を大声で浴びせかけた。帽子を買うと、ふちを下げて視線を隠した。彼の姿をしょっちゅう見かけるようになった。

庭の高いコンクリート壁によりかかり、ポケットに両手を突っこんで立っていた。壁に片足をぎゅっと押しつけ、口にはいつでもタバコをくわえていた。

　それから、彼はふたたび姿を消した。部屋でストリートの面々とトランプをやっていたときに立ち上がって、「便所に行ってくるぜ」と言ったきりだった。

　四ヶ月のあいだ、誰もボガートの姿を見なかった。

　戻ってきた彼は少し太っていたけれど、前よりもやや荒っぽくなっていた。口を開けば、発音はまるっきりアメリカ英語だった。完全にアメリカ人になりきろうと、子どもたちに大盤ぶるまいした。表で子どもたちを呼び止め、ガムかチョコレートでも買えよと小遣いを与えた。子どもたちの頭をなでながら、ためになる助言をうれしそうに与えた。

　三度目に姿を消して戻ってきたとき、彼は部屋で、子どもたちみんなのために盛大なパーティーを開いた。もっとも、彼は子どもたちのことを「ガキ」と呼んではいたけれど。何ケースものソロ（トリニダードのソフトドリンク）にコカ・コーラにペプシ、それにケーキを山ほど買った。

　それから、ミゲル・ストリート四十五番地に住むチャールズ巡査部長がやって来て、ボガートを逮捕した。

「格好つけるなよ、ボガート」とチャールズ巡査部長は言った。

でもボガートはその意味を取り損ねた。

「どうしたっていうんだよ？　おれは何もしてねえぜ」

チャールズ巡査部長は説明した。

新聞ではちょっとした騒ぎになった。罪状は重婚だった。でもハットのおかげで、新聞には書かれていない内情がひとつ残らず明らかになった。

「つまりな」とその晩、表でハットは言った。「あいつは最初の嫁さんをトゥナプナに捨てて、ポート・オブ・スペインにやって来たんだ。子どもができなかったんだと。ここにいるあいだじゅう、あいつは自分がみじめでちっぽけに思えてた。それで姿を消し、カロニで女を見つけ、この女にガキができたのさ。カロニじゃこういうことは冗談じゃ済まねえから、ボガートはその女と結婚しなくちゃならなかったってわけだ」

「でも、どうしてボガートはその女を捨てたんだい？」とエドスが訊いた。

「男らしくあるためによ、おれたちといっしょにいることでな」

2　名前のないモノ

自称大工のポポが作ったものといえば、庭の隅のマンゴーの木の下にある、トタン板張りの小さな仕事場だけだった。それでさえ、本当に完成しているのかどうか怪しいものだった。屋根板を釘で打ちつけずに、大きな石を重しにしているだけだったのだから。強い風が吹くたびにバタンバタンと怖ろしい音がして、屋根はいまにも飛んでいってしまいそうだった。

それでいて、ポポはいっときたりともじっとしていなかった。いつでも忙しそうに、釘を打ちつけたり、のこぎりをひいたり、かんなをかけたりしていた。仕事中のポポを見ているのが僕は好きだった。イトスギ、ヒノキ、クラブウッドといった、いろいろな木のにおいが好きだった。かんなくずの色合いも好きだったし、ポポの縮れ毛におがくずがふりかかっている感じも好きだった。

「何作ってんの、ポポさん？」と僕が訊くと、「おっ、坊主！　そいつが問題なんだよな。おいらは名前のないモノを作ってんのさ」とポポはきまって答えるのだった。

僕はそんなポポが好きだった。詩的な人だと思っていた。

ある日のこと、「何か作ってよ」と僕は言ってみた。

「何を作ってほしいんだ？」とポポは言った。

そう言われてみると、本当に欲しいものなんてなかなか思いつかなかった。

「ほらな、おまえだって名前のないモノのことを考えてるんだ」とポポは言った。

結局、僕は卵立てを作ってもらうことにした。

「誰のためのもんなんだ？」

「母さんだよ」

「本当に使うと思うか？」と彼は笑った。

母さんは卵立てが気に入って、一週間くらいは使ってくれた。けれど、すぐに卵立てのことなんてすっかり忘れて、以前のようにボウルや平皿に卵を置くようになってしまった。

その話をすると、「坊主、本当に作るに価するものは名前のないモノだけなんだ」とポポは笑った。

僕がボガートに仕立て屋の看板を作ったのを見て、ポポも看板作りを頼んできた。ポポは耳に挟んでいたちびた赤鉛筆を手に取り、宣伝文句をあれこれ考えた。最初は建築家を自称したがった。でもそれはやめてもらった。建築家というつづりをポポは知らなかったからだ。結局、看板の文句は、

建てもの作ります
大工
家具作り

ということに落ち着いた。仕上げに、僕は看板書きとして自分の名前を右下隅に書き入れた。

ポポは看板の前にたたずんでいるのが好きだった。けれど、見ず知らずの人が問い合わせに来ると少し動揺して、「ああ、あの大工のやつかい？　あいつならもういないよ」と答えるのだった。

ポポはボガートよりずっといい人だと僕は思っていた。ボガートが声をかけてくれることはほとんどなかったけれど、ポポはいつでも話し相手になってくれた。生とか死とか仕事といった真剣な事柄について話してくれて、この人は僕に話しかけるのが本当に好きなんだと思った。

けれど、ストリートではポポの人気はいまひとつだった。ストリートのみんなにとってはポポは少しまともすぎた。「あいつは気取りすぎてるぜ」とハットはよく言っていた。

でも、これは的外れというものだった。朝方ラム酒のグラスを片手に表に出てくるのがポポの日課だった。それでいて、そのラム酒に口はつけなかった。そのかわり、顔見知りが通りすぎるたびに、中指を酒にちょっとつけてひとなめし、それからその人に手を振るのだった。

「おれたちだってラム酒ぐらい買えるけどよ、ポポみたいに見せびらかしたりはしねえぜ」とハットはよく言っていた。

僕はそんなふうに考えたことは一度もなかった。それで、あるときポポに訊いてみた。

「坊主、おてんとさんは上がってるけどまだ涼しい、そんな起き立ての朝にな、外に出て、おてんとさんの光を浴びながらラム酒をやれるなんて思うと、そりゃ気持ちがいいもんよ」と彼は言った。

ポポが金を稼いだことなんて一度もなかった。奥さんが働きに出ていたのだけれど、子どもはいなかったから、生活はそれほど大変ではなかった。「女ってのは働くのが好きなのさ。男は働くようにゃできてないんだ」とポポは言った。

「ポポは女みたいな野郎だぜ、本当の男じゃねえよ」とハットは言っていた。

ポポの奥さんは、僕の学校の近くにあるお屋敷で料理人として働いていた。午後になると、僕の学校が終わるのを待っていた。そして大きな台所で、おいしいものをたくさん食べさせてくれた。ひとつだけいやだったのは、食べているあいだじゅう、そばに座っている彼女にじっと見つめられることだった。まるで彼女のために食べているみたいだった。おばちゃんと呼んでちょうだいね、と彼女は言った。

彼女はお屋敷の庭師に僕のことを紹介してくれた。庭師は褐色の肌をした美男子で、花をこよなく愛していた。彼が手入れしている庭が僕は好きだった。花壇の土はいつでもたっぷり水を吸って黒く光っていたし、湿り気のある緑の芝生はいつでもきれいに刈りこまれていた。ときどき、庭師は僕にも花壇に水を撒《ま》かせてくれた。刈った芝を小さな袋に詰め、母さんのところへ持っていきな、とくれたりもした。芝はにわとりのいいエサだったからだ。

ある日、ポポの奥さんがいなかった。僕のことを待っていてくれなかったのだ。

翌朝、表でグラスのラム酒に指をつけているはずのポポの姿が見えなかった。

その日の夕方も、ポポの奥さんはいなかった。

ポポは仕事場で悲しそうにしていた。板材にしょんぼりと腰を下ろして、削りくずを指に巻きつけていた。

「どこへ、ポポさん?」

「おばちゃんは行っちまったよ、坊主」

「おっ、坊主! そいつが問題なんだよな」と言って、彼は背筋をぴんと伸ばした。

この一件以来、ポポはストリートの人気者になった。事件はあっという間に知れわたった。ある日、「一体ポポはどうしちまったんだろう? もうラム酒を飲んでないみたいだな」とエドスが言うと、ハットは跳び上がり、もう少しで殴りつけるところだった。

それからというもの、ポポを元気づけてやろうと、ストリートの面々はみんなポポの仕事場に集まるようになった。クリケットにサッカーに映画と、ありとあらゆる話題に花を咲かせたが、女の話だけはご法度だった。

ポポの仕事場からは金槌やのこぎりの音が聞こえてこなくなった。おがくずはひきたての香りを失い、埃と見分けがつかないほど黒ずんだ。ポポは酒に手を出すようになった。酔っぱらっているときの彼は好きになれなかった。ラム酒のにおいがぷんぷんした。泣いていたかと思うと、突然怒りだして誰彼なしに殴ろうとした。そのおかげで、彼はストリートの面々に堂々と仲間入りすることになった。

「ポポに関しちゃ、おれたちがまちがってたな。あいつは、おれたちみたく立派な男だぜ」とハットは言った。

ポポは新しい仲間が気に入った。彼は根はおしゃべりな人で、ずっとストリートの面々と仲よくしたがっていたのに、自分が好かれていないことにいつも驚いていた。その意味では、ようやく欲しいものを手に入れたわけだ。けれど実際は、ちっとも幸せではなかった。友情が芽生えるにしては少し遅すぎたし、その友情にしても思っていたほどのものではなかった。ハットはポポの関心をほかの女に向けようとしたけれど、本人はまったく乗り気ではなかった。

僕が幼いからある種の話題は避けようなどと、ポポは考えもしなかった。

「坊主、おまえもおいらくらいの歳になったらわかる。欲しいと思ったものでも、実際に手に入っちまえばそれほどでもないもんだ」とポポは言ったことがある。

そんなふうに謎めかすのが彼の話し方だった。

*

そしてある日、ポポは僕たちのもとから姿を消した。

「どこに行ったかなんて決まってるぜ。女房を探しに行ったんだ」とハットは言った。

「奥さん、戻ってくるかな?」とエドワードは訊いた。

「まあしばらく様子を見ようじゃねえか」とハットは答えた。

ほどなく事情は知れた。新聞ざたになったのだ。おれの思ってたとおりだぜ、とハットは言った。ポポは奥さんと駆け落ちした男をアリマでぶちのめした。相手は、芝の袋をよく僕にくれたあの庭師だった。

事件はそれほど大ごとにはならなかった。罰金だけで済んだのだ。これからは奥さんを苦しませることのないように、と判事がポポを諭しただけだった。

その年、ポポを歌ったカリプソ（即興的で風刺的な歌詞を持つ、トリニダードの民俗音楽）は大ヒットした。カーニバルの行進曲になり、アンドルーズ・シスターズ（米国のグループ歌手）がアメリカの会社からレコードを出した。

　ある大工の野郎がアリマに行ったのさ
　エメルダって名の尻軽女を探しにさ

ストリートじゅうが大騒ぎだった。
「『ある大工の野郎』と僕はすごく仲がいいんだ」と、僕は学校でことあるごとに自慢した。
ハットも、クリケットの試合や競馬を見に行くたびに、「あいつを知ってるかって？　まあ、昼も夜もよくいっしょに飲んだもんだぜ。とにかく酒のいける野郎でよ」と言っていた。

*

ストリートに戻ってきたポポは、まるで人が変わったみたいだった。話しかけようとして、僕は怒鳴りつけられた。ラム酒を一本仕事場に持ってきたハットとその仲間たちも追い出されてしまった。

「あいつ、女でイカレちまったんだ」とハットは言った。

けれど、ポポの仕事場からはおなじみの音がまた聞こえてくるようになった。ポポは仕事に打ちこんでいた。いまでも名前のないモノを作っているのかな、と僕は思った。けれど、怖くて訊けなかった。

彼は仕事場に電気を引くと、夜に働きはじめた。家の外にバンがしょっちゅう止まり、いろいろなものを出し入れしていた。それから、ポポは家のペンキ塗りを始めた。壁は明るい緑に、屋根は明るい赤に塗った。「野郎、まじでイカレちまったぜ」とハットは言った。

「まるで、もういっぺん結婚するみてえな騒ぎだな」ともつけ加えた。

ハットはそれほどまちがってはいなかった。二週間くらい経ったある日、ポポは女の人を連れて戻ってきた。ポポの奥さん、僕のおばちゃんだった。

「これが女ってもんだ」とハットは言った。「連中がどんなものが好きだかわかるだろ。男じゃねえんだぜ。ペンキ塗りたての家とか、新品の家具とか、そんなもんが好きなんだ。アリマの男のところに新しい家と新品の家具があったらよ、ポポのとこなんかに戻ってくるもんか。賭けてもいいぜ」

けれど、僕にはどうでもいいことだった。僕はただうれしかった。朝方にラム酒のグラスを持って外でたたずみ、酒に指をつけてから友人に手を振るポポをまた見られるのがうれしかった。それに、「ポポさん、何作ってんの?」と訊くと、「おっ、坊主! そいつが問題なんだよな。おいらは名前のないモノを作ってんのさ」という答えがまた返ってくるようになったのがうれしかった。

ポポはあっという間にもとの暮らしに戻り、以前のように名前のないモノを作ることに時間を費やしはじめた。彼は働くのをやめてしまい、奥さんはふたたび学校近くの例のお屋敷で働くようになった。

ミゲル・ストリートの面々は、奥さんを連れて帰ったポポにほとんど腹を立てていた。自分たちの同情がことごとく馬鹿にされ、台無しにされたように思えたからだ。それで、「あのポポの野郎は気取りすぎてるぜ」とハットはまた言うようになった。

けれど今度は、ポポは気にも留めなかった。

「坊主、今晩家に帰ったらな、ポポさんみたいに幸せになれますようにってお祈りするんだぞ」と僕に言うのだった。

＊

そのあとに起こったことは、あまりにも突然で、そうした異変が起こっていたということにさえ僕たちは気づかなかった。ハットでさえ、新聞で読むまでは知らなかった。ハットはいつでも新聞を読んでいた。朝の十時から夕方の六時まで読んでいた。「こりゃ一体どうしたこった！」と叫んで、ハットは「カリプソの大工、刑務所へ」という見出しを僕たちに見せた。

信じがたい話だった。ポポはところかまわず盗んでいたのだ。ハットが「新品の家具」と呼んでいたものはみな、ポポが作ったのではなく、盗品に少し手を加えただけのものだった。実際のところ、盗みすぎてしまって必要のないものを売りさばかなくてはいけなくなり、そこから足がついて捕まったのだ。どうりでバンがいつもポポの家の前に止まっていたわけだ。家を改装したときに使ったペンキとペンキブラシさえもが盗品だった。

「あいつ、まじで頭悪すぎるぜ。どうして盗んだものを売らなきゃいけねえんだ？

え、なんでだよ?」というハットの言葉は、僕たちみんなのものでもあった。

馬鹿なことをしたもんだ、というのが僕たちの一致した意見だった。けれど、ポポは本当の男だ、ひょっとすると僕たちの誰よりもすごい男なのかもしれない、と誰もが心の奥底で感じていた。

そして、僕のおばちゃんはといえば……。

「あいつ、どれだけくらったんだ? 一年? おとなしくしてりゃ三ヶ月軽くなるんだ。だから都合九ヶ月だな。あの女も三ヶ月はおとなしくしてるだろうよ。そのあとは、エメルダはミゲル・ストリートからいなくなるだろうぜ」とハットは言った。

けれど、エメルダはミゲル・ストリートを去らなかった。彼女は料理人として働きつづけただけでなく、洗濯とアイロンがけも引き受けはじめた。あまりにみっともない話なので、ポポが刑務所行きになったことに同情する人はストリートにはひとりもいなかった。結局、僕たちの誰にも起こりうる話だった。エメルダが長いあいだひとりでいなくてはならないことに同情が集まっただけだった。

戻ってきたポポは英雄扱いだった。いまや文句なしにストリートの面々の一員だった。ハットやボガートよりも格上の男だった。

けれど僕にとっては、彼は変わってしまっていた。そして、その変わり方が悲しかった。

というのも、ポポは働きはじめたからだ。

モリス式の椅子や、テーブル、衣装棚といったものを彼は客向けに作りはじめた。

「ポポさん、いつになったらまた名前のないモノを作りはじめるの？」と訊くと、僕は怒鳴りつけられた。

「おまえ、うっとうしいんだよ。ぶん殴られるまえにとっとと消えな」

3　ジョージとピンクの家

大足《ビッグ・フット》はストリートでいちばん大きくて強い男だったけれど、僕にとってはビッグ・フットよりもジョージのほうがずっと怖かった。ジョージは背が低くて太っていた。灰色の口髭を生やし、でっぷりと腹が出ていた。乱暴そうには見えなかったけれど、いつもひとりごとをいったり悪態をついたりしていたので、僕は一度も友だちになろうとはしなかった。

彼は庭の前にロバを一頭くくりつけていたのだけれど、そのロバそっくりだった。灰色で年老いたこのロバは、大声でいななくとき以外は静かなものだった。ジョージはいつでも、身のまわりで起こっていることとは無関係に生きている感じだった。ジョージのことを誰もイカレていると言わないのが不思議だった。僕の大好きなマン・マンはみんなから狂人呼ばわりされていたのに。

ジョージの家がこれまた怖かった。壊れた木造の家屋は外壁がピンク色に塗られ、トタン屋根はさびついて茶色くなっていた。右側のドアがいつも開けっぱなしになっていた。内壁は一度も塗られたことがなく、時とともに灰色と黒に変色していた。片隅には汚いベッドが置かれ、別の片隅にはテーブルと丸椅子が一組置かれていた。あるのはただそれだけだった。カーテンもなかったし、壁には写真もなかった。ボガートでさえ、部屋にはローレン・バコール（米国の女優）の写真を貼っていたというのに。

ジョージに奥さんと息子と娘がいるなんて信じがたかった。

ポポと同じように、ジョージは奥さんに家事と家回りのいっさいを任せて、自分は何ひとつしなかった。ジョージの家では牛を飼っていて、そのことでも僕はジョージが嫌いだった。というのも、牛小屋から流れてくる水で排水溝がひどくにおったからだ。表でクリケットをしていると、ボールがよく排水溝に落ちた。ボイーとエロルはそのくさい排水溝でボールをわざと湿らせた。ボールに勢いをつけたかったのだ。

ジョージの奥さんは、人格を持ったひとりの人間という感じがしなかった。つまり僕にとっては、彼女はいつもただ単にジョージの奥さんでしかなかったのだ。そして、ジョージの奥さんはだいたいいつでも牛小屋のなかにいるような気がしていた。

そういうわけで、開け放たれたドアに続くコンクリートの正面階段にジョージが座っているあいだ、奥さんのほうはせっせと立ち働いていた。

ジョージがミゲル・ストリートの仲間になったことは一度もなかった。そんなことはどうでもいいみたいだった。彼には奥さんと娘と息子がいた。その全員に暴力をふるっていた。そして息子のエリアスが大きくなると、ジョージは娘と奥さんをそれまで以上に殴った。母親は殴られると元気がなくなるみたいで、どんどんやせ細っていった。でも娘のドリーは殴られるたびに成長していった。年々太り、くすくす笑いがますますひどくなった。息子のエリアスのほうは、どんどん気難しくなっていたけれど、父親に向かってきつい言葉を発することはなかった。

「エリアスの坊主、ありゃ性格がよすぎるぜ」とハットは言っていた。

ある日、あのボガートまでがこう言った。「はん！　あの老いぼれジョージの野郎にムチをくらわしてやりてえぜ」

そしてごくたまにエリアスが仲間に加わると、ハットは言うのだった。「なあ、おれな、おまえんちを見てると忍びねえんだ。おまえ、どうして親父をとっちめてやらねえんだ？」

「すべては神様のおぼしめしだから」とエリアスは返事をした。

当時エリアスはまだ十四歳くらいだったけれど、そういう感じの少年だった。まじめで、大きな野心があった。

僕はジョージのことが怖くなりはじめていた。とりわけ、ジョージが大きいシェパードを二頭買ってきて、コンクリートの階段の下に打ちこんだ杭につなぐようになってからはそうだった。

毎日朝と昼、僕が彼の家の前を通るたびに、「びびらしてやれ！」と犬をけしかけてくるのだ。

すると犬は弾むように飛び跳ね、吠えたてた。ロープはぴんと伸びきっていた。この次向かってきたらロープが切れるんじゃないかと毎回思ったものだ。一方、ハットがシェパードを飼っていたときは、ハットは犬が僕になつくようにしてくれた。そのときハットは教えてくれた。「ぜったいに犬を怖がるな。堂々としてるんだ。逃げるんじゃねえぞ」

それで、僕はジョージの家の前を通るときには、苦痛が長びくとわかっていてもゆっくりと歩くようにしていた。

ジョージが僕のことを個人的に嫌っていたのか、それとも単に人間嫌いだったのか、僕にはわからない。このことについて、ストリートのほかの面々と話したことは一度もなかった。犬に吠えられるのが怖いなんて、とても恥ずかしくて言えなかったのだ。けれど、そのうち犬にも馴れた。そして、家の前を通る僕をジョージが笑うのもあまり気にならなくなった。

ある日、僕は道端にいるジョージのそばを通りすぎた。彼がぶつぶつ言うのが聞こえた。その日の午後も翌日もぶつぶつ言っていた。「馬面《うまづら》！」とジョージは言っていた。

「ここには馬面の連中しか住んでねえみてえだな！」と言うこともあった。

「ちんちくりんめ！」と言うこともあった。

そして、「世のなかにはどうしてこんなにちんちくりんなやつがいるんだ？」と言った。

もちろん僕は聞こえないふりをしていた。でも一週間ほどすると、ジョージがそういう言葉をぶつぶつと口にするたびに、僕は泣きそうになった。

ある晩、ボイーがボールをヒルトンさんの家の庭に打ちこんで、ロストボールになった（六つ目だったのでアウトだった）ところで、僕たちはクリケットをやめた。そのとき、僕はエリアスに訊いた。「でもさ、親父さんって僕のどこがそんなに嫌いなの？　どうしていつも僕のことをののしるのさ？」

ハットは笑った。エリアスは少ししかつめらしい顔をした。

「どんなふうにだ？」とハットが言った。

「あのデブのおじさんはさ、僕のこと馬面呼ばわりするんだよ」と僕は言った。もうひとつの言葉のほうは口にする気になれなかった。

ハットは笑いだした。

エリアスは言った。「あのさ、うちの父さんは変わった人なんだ。でも、許してやってくれよ。父さんが何を言おうがどうってことはないんだ。歳も食ってるしね。いろいろ苦労してきたんだ。おれたちみたいに学があるわけでもない。それにさ、父さんにだっておれたちみたくちゃんと魂があるんだよ」

エリアスがひどくまじめだったので、ハットは笑うのをやめた。それで僕はジョージの家の前を通るたびに、「許してあげなきゃ。何をやってるかわかってないんだ」とくりかえし自分に言い聞かせた。

それからエリアスの母さんが死んだ。これほどみすぼらしくて、悲しくて、さみしい葬式は、ミゲル・ストリートではじめてだった。

通りに面したあの空っぽの部屋はいっそう悲しげになって、僕はますます怖くなった。不思議なことに、僕はジョージのことが少しだけ気の毒に思えた。ミゲル・ストリートの面々は、ハットの家の外で死因についての検討を行なった。「あいつ、かみさんをぶん殴りすぎたんだ」とハットは言った。

ボガートはうなずいて、右手の人差し指で地面に輪を描いた。

「あいつが殺したんだろうな。かみさんが死ぬ前の晩に、あいつがかみさんを火がついたみたいにボコボコにするのが聞こえたって、ボイーのやつが言ってたからよ」とエドワードが言った。

「何のために医者や裁判官がここにいると思ってんだ？　遊びかよ」とハットは言った。

「でもよ」とエドワードが言った。「ぜったいそうだぜ。こんなことでボイーはウソなんてつかねえしな。殴られて死んだんだ、そうに決まってるぜ。ロンドンはボコボコに爆撃されてももちこたえてるけど、ジョージのかみさんには無理だったんだな」

誰もジョージをひとことも庇《かば》わなかった。

ボイーがいつもの彼からは考えられないようなことを言った。「本当にかわいそうなのはドリーだぜ。あいつ、ドリーのことをこれからもぶん殴るのかな？」
「まあしばらく様子を見ようじゃねえか」とハットがわけ知り顔で答えた。

*

エリアスは仲間の輪から外れた。

*

ジョージは葬式のあとの最初の数日間はひどく悲しんだ。ラム酒を飲みまくり、泣きわめきながら近所を歩き回った。胸をかきむしり、みんなに赦《ゆる》しを乞い求めた。あわれな男やもめを憐れんでくれ、と言った。
それから数週間、彼は飲みつづけ、同じようにストリートを行ったり来たりしていた。それで赦しを乞い求められると、なんだか馬鹿にされているような気がした。「おれの息子のエリアスはよ」とジョージは言ったものだ。「息子のエリアスはよ、おれのことを赦してくれたんだ。あいつは学があるからなあ」

ジョージがやって来ると、ハットは言った。「おまえの牛はどうなってんだ？　乳しぼってんのかよ？　エサやってんのか？　おまえ、今度は牛も殺してえのか？」

ジョージは牛を全部ハットに売った。

「神様なら泥棒だって言うだろうけどよ」とハットは笑った。「おれに言わせりゃ、取り引きだ」

「ジョージにとっちゃいいことだぜ。あいつ、バチが当たりはじめたんだな」とエドワードは言った。

「まあ、おれからみればこういうこった」とハットは言った。「たっぷり二ヶ月は飲んだくれていられるだけの金を、あいつにくれてやったってわけよ」

*

一週間ほど、ミゲル・ストリートからジョージの姿が消えた。そのあいだはドリーの姿をよく見かけた。彼女は通り側の部屋を掃除して、ご近所に花をせがむと、その花で部屋を飾った。いままで以上にくすくす笑っていた。

ストリートの誰かが（僕ではない）、シェパードを二頭とも毒殺した。

僕たちはジョージが永久に戻ってこなければいいと思っていた。けれど、彼は戻ってきた。まだ酔っぱらってはいたけれど、もう泣き叫んではいなかったし、手に負えないわけでもなかった。しかも女もいっしょだった。いかにもインド人といった感じの女だった。少し老けていたけれど、ジョージを扱えるだけのたくましさはあるみたいだった。

「あの女も呑み助みてえだな」とハットは言った。

この女はジョージの家を切り盛りしはじめた。ドリーはふたたび、空っぽの牛小屋のある裏庭へ引き下がった。

ジョージがまた暴力をふるっていることが耳に入り、ドリーと新しい女が気の毒だと誰もが言った。

僕は新しい女とドリーに同情した。ジョージといっしょに暮らしたいと思う人間がこの世界に存在するなんて、まったく理解できなかった。だから、二週間くらいたったある日、「ジョージの新しいかみさん、出てったぜ、聞いたか?」とポポが教えてくれたときも驚かなかった。

「おれがくれてやった金を使いおわっちまったら、あいつ一体どうすんだろうな」とハットは言った。

＊

すぐに明らかになった。

ピンクの家はほとんど一夜にして、やかましくごったがえす場所になった。大声でしゃべりたて、格好なんてあまり気にしていない女たちが何人もうろうろしていた。ピンクの家の前を通るたびに、僕はそうした女たちから口汚い言葉を浴びせかけられた。口をいやらしく動かしながら、「お母ちゃんのところにおいで」と誘ってくる人もいた。新しくやって来たのは女たちばかりではなかった。アメリカ人の兵隊が大勢ジープで乗りつけてきて、ミゲル・ストリートじゅうが笑い声と金切り声で満たされた。

「あのジョージの野郎、ストリートの名を汚《けが》すつもりだぜ、まったく」とハットは言った。

ミゲル・ストリートはこの新参者たちのものになってしまったかのようだった。ハットと仲間たちは、うかうかと表に腰を下ろして内緒話もできなくなった。

けれど、ボガートは新参者たちと仲よくなって、一週間に二晩か三晩は彼らといっしょに過ごした。ことのなりゆきにボガートは腹を立てているふりをしていたけれど、僕は信用しなかった。必ず連中のところに戻っていったからだ。

「ドリーはどうなってんだ?」と、ある日ハットはボガートに訊いた。

「いるぜ」とボガートは言った。つまり、彼女は大丈夫ということだった。

「いるのはわかってるぜ」とハットは言った。「でもどうしてんだよ?」

「そうさな、掃除と料理をやってるぜ」

「やつら全員のためにか?」

「全員のためにだな」

エリアスには自分の部屋があって、いったん家に戻るとそこから外に出ようとしなかった。食事は家の外で食べた。何か大切な試験のために勉強しようとしていた。家族には興味をなくしちまったみたいだな、とボガートは言った。というか、そうほのめかした。

ジョージは相変わらず飲んだくれていた。でも羽振りはよかった。いまや新しいスーツを着て、ネクタイをしていた。

「しこたま稼いでるにちがいねえぜ。おまわり連中全員を買収しなくちゃいけねえんだからよ」とハットは言った。

でも僕にわからなかったのは、新参の女たちのジョージに対する態度だった。女たちはみんなジョージのことが好きで、尊敬してもいるみたいだった。だからといって、ジョージが愛想よくしようとしているわけではなかった。ジョージは昔のジョージのままだった。

＊

ある日、ジョージはみんなに言った。「いまドリーにはお袋がいねえ。おれは子どものために親父とお袋でなきゃいけねえんだ。だから言うんだがよ、ドリーはもう結婚してもいい年ごろだぜ」

彼が選んだのは、剃刀《レイザー》という男だった。この男にこれ以上ふさわしい名前を見つけるのはむずかしかった。小柄でやせていた。こぢんまりとまとまった唇の上に、ぴんととがった口髭をこぎれいに生やしていた。ズボンの折り目はいつもぴしっときれいにまっすぐ走っていた。おまけにナイフを持っているとのことだった。

ハットは、ドリーをレイザーと結婚させるのには反対だった。「あいつはよ、おれたちにはキレすぎてる」と彼は言った。「人の背中にナイフを置き忘れたってなんとも思わない男だぜ、あれは」

でも、ドリーは相変わらずくすくす笑っていた。

レイザーとドリーは教会で式を挙げ、披露宴のためにピンクの家に帰ってきた。女たちはみんな盛装していた。アメリカ人の兵士と水兵が大勢いて、飲み、笑い、ジョージを祝福していた。女たちとアメリカ人はドリーとレイザーに何度もキスをさせ、歓声をあげた。ドリーはくすくす笑った。

「あれは笑ってんじゃねえんだ。ほんとは泣いてんだぜ」とハットは言った。

その日、エリアスは家にいなかった。

女たちとアメリカ人は、「花の十六歳《スイート・シックスティーン》」と「時が過ぎても《アズ・タイム・ゴーズ・バイ》」を歌った。それから、ドリーとレイザーにふたたびキスをさせた。誰かが叫んだ。「スピーチ!」みんなが笑って叫んだ。「スピーチ!　スピーチ!」

レイザーはドリーから離れた。ドリーはひとりでくすくす笑いながら立っていた。

「スピーチ!　スピーチ!」と結婚式の招待客たちは要求した。

ドリーはさらに激しくくすくす笑うだけだった。

すると、ジョージが口を開いた。「ドリー、おまえはたしかに結婚したわけだ。でもだからといって、もうおれの膝の上でケツをひっぱたかれねえなんて思うなよ」と彼はおどけた調子で言った。招待客たちは笑った。

すると、ドリーはくすくす笑いをやめて、ぽかんとみんなを見つめた。どのくらいか測ることもできないほどのほんの短いあいだ、完全な沈黙があった。それから、アメリカ人水兵が酔っぱらったように手を振って叫んだ。「おまえの娘にはもっといい働き口があるのによ、ジョージ」そして、みんなが笑った。

ドリーは庭から砂利をつかみ取ると、その水兵に向かって投げつけるふりをした。でも彼女は突然動きを止めて、大声で泣きだした。

笑い声と歓声と叫び声がさらに大きくなった。

その後ドリーがどうなったのか僕は知らない。あの娘はサングル・グランデに住んでいると、ある日エドワードが言った。ジョージ・ストリート・マーケットで売り子をしているのを見たとハットは言った。でも彼女は僕たちのストリートを去った。永久に去ったのだ。月日が過ぎていくにつれ、女たちは減りはじめ、ジョージの家の外に止まるジープの数も少なくなっていった。

「おまえも足を洗わねえとな」とハットが言った。

ボガートはうなずいた。

「だいたい最近じゃあな、ポート・オブ・スペインじゅうにイカした場所があるんだ。ジョージの問題はよ、一人前になるには馬鹿すぎたってことだな」とハットはつけ加えた。

ハットは予言者だった。半年もしないうちに、ジョージはピンクの家にひとりきりで住むようになっていた。階段のところに座ったジョージをよく見かけたけれど、もう僕には目もくれなかった。老けてくたびれ果て、とても悲しそうに見えた。

ほどなくして彼は死んだ。ハットと仲間たちはお金をいくらか集めて、ラペイルーズ墓地に彼を埋葬した。エリアスは葬儀には姿を見せた。

4　彼の天職

真夜中を過ぎると、ストリートにはきまって二種類の音がした。二時ごろに、清掃夫たちがほうきを使う音が聞こえる。それからちょうど夜明け前に、ゴミ収集のカートがやって来て、清掃夫たちがかき集めておいたゴミをさらっていく音が聞こえてくる。

ストリートの少年のなかで、あえて清掃夫になりたいなんて思う者はひとりもいなかった。でも何になりたいかと訊かれたら、どの子も「ゴミ収集のカートの運転手になるんだ」と答えたことだろう。

青いゴミ収集カートを運転するというのはたしかに魅力的だった。運転手たちは街の貴族だった。朝早くに働くだけで、あとはずっと自由なのだ。そのうえ、いつでもストライキをしていた。たいしたことではなくてもストをした。日当をもう一セント上げろと言ってはストをした。誰かがクビになったらストをした。戦争が始まればストをして、戦争が終わったときもストをした。インドが独立したときもストをした。ガンジーが死んだときもストをした。

運転手のエドスは、ほとんどの少年たちにとって憧れの的だった。おいらの親父は当時いちばん腕のいい運転手だったんだ、とエドスは言い、その腕前についてすごい話をいろいろと聞かせてくれた。エドスは下層カーストの出身で、彼の話にはうなずけるところが多かった。彼の腕前は父親から息子へと受け継がれたものだった。

ある日、僕が家の前の道を掃除しているとエドスがやって来て、僕からほうきを取りあげようとした。僕は掃除が好きだったから、ほうきを渡したくなかった。

「坊主、掃き方の何を知ってんだい?」と笑いながらエドスが訊いてきた。

「えっ、知らなきゃいけないことがそんなにあるの?」と僕は言った。

「坊主、そいつはおいらの仕事だよ。おいらには経験もある。おいらみたく大きくなるまで待ちなよ」とエドスは言った。

僕は彼にほうきを渡した。

それからずいぶん長いこと、僕は悲しかった。ぜったいにぜったいにエドスみたいに大きくなれないし、ぜったいに彼の言う経験というものを手にすることはできないように思えたからだ。僕は以前にもましてエドスに憧れるようになった。そして、以前にもましてゴミ収集カートの運転手になりたいと思った。

けれどエリアスは、そんなタイプの少年ではなかった。

ジュニア・ミゲル・ストリート・クラブを結成した僕たちが、表にたむろして、ハットやボガートやその仲間たちのように、人生とかクリケットとかフットボールについてしゃべっていたときのことだ。僕はエリアスに言った。「すると、きみはゴミ収集カートの運転手にはなりたくないんだ？　じゃあ、何になりたいの？　清掃夫かい？」

エリアスは巧みにつばを排水溝に吐き捨てるとうつむいた。「おれは医者になろうと思ってんだ」とエリアスはすごく真剣な調子で言った。

もしボイーやエロルがそんなことを言ったら、僕たちはみんなで大笑いしたことだろう。でも、エリアスはみんなとちがって頭がいいということを僕たちは知っていた。

僕たちはみんなエリアスに同情していた。父親のジョージに殴られてばかりだったからだ。でもエリアスはけっして泣かなかったし、ひとことだって父親を悪く言わなかった。

ある日、チンの店に三セント分のバターを買いに行くのに、僕はエリアスを誘った。

ジョージの姿は見あたらなかったから、大丈夫だろうと思ったのだ。

僕たちが二軒ほど先に行ったときに、ジョージの姿が見えた。エリアスは怖がっていた。ジョージはつかつかと近づいてくると、「どこに行くんだ?」とぴしゃりと言った。そう言うが早いか、エリアスのあごを力いっぱい殴った。

ジョージはエリアスを殴るのが好きだった。縛りつけておいては、牛小屋の排水溝に浸しておいたロープで殴るのだった。それでもエリアスは泣かなかった。そのすぐあとに、ジョージがエリアスといっしょに笑っているのをよく見かけた。そういうとき、ジョージは僕に言ったものだ。「おまえが何を考えてるかはわかってるぞ。どうしておれがあいつとこんなにすぐに仲よくなれるのか不思議なんだろう」

ジョージを嫌いになればなるほど、僕はエリアスのことが好きになった。

エリアスはいつか医者になるんだろうと僕は信じる気になっていた。

「医者なんかになったら、ぜったいおれたちのこと忘れちまうぜ。なあ、エリアス?」とエロルは言った。

かすかな笑みがエリアスの唇に浮かんだ。

「そんなことないさ」と彼は言った。「おれはそんなふうにはならないよ。おまえとかボーイとか仲間たちに、金やらモノやらたっぷりくれてやるよ」そしてエリアスは小さな手をひらひらさせた。僕たちには、エリアスが医者になったあかつきに手にするであろう、キャデラックとか黒いカバンとか聴診器が見えるような気がした。

エリアスはミゲル・ストリートのはずれにある学校に通いはじめた。そこはまったく学校には見えなかった。ごくふつうの家に見えたけれど、外には看板があって、こう書かれていた。

タイタス・ホイット、教養学士（ロンドン、外部生）
ケンブリッジ学業検定
合格請け負います

不思議なことに、ジョージはどんなささいなことでもエリアスを殴ったけれど、息子が教育を受けていることをとても誇りにしていた。「息子のやつ、とにかく勉強しやがる。スペイン語、フランス語、ラテン語が読めて、スペイン語、フランス語、ラテン語が書けるんだぜ」

母親が死ぬ前の年、エリアスはケンブリッジ高等学業検定の試験を受けた。タイタス・ホイットはストリートの僕たちの住んでいる側までやって来た。

「あの子は優等で試験に受かるだろうよ」とタイタス・ホイットは言った。「優等でね」

こぎれいなカーキのズボンと白いシャツを身につけ、エリアスは試験場に向かった。僕たちは畏敬の念に打たれて彼を見た。

「エリアスが書いたもんはよ、こんなとこに残りゃしねえんだぜ。やつが書いた言葉はひとつ残らずイギリスに行っちまうんだ」とエロルが言った。

とても本当だとは思えなかった。

「それがどうしたってんだ?」とエロルが言った。「エリアスは頭がいいんだぜ」

エリアスの母親は一月に亡くなり、試験の結果は三月に発表された。

エリアスは合格しなかった。

エリアスの名前を探して『ガーディアン』のリストに何度も目を通しながら、ハットは言った。「まだわからねえよ。見落としてるかもしんねえからな。こんなに名前だらけなんだからよ」

エリアスの名前は新聞に出ていなかった。

「ほかに何が期待できるってんだよ？　誰が答案の採点をしてんだ？　イギリス人だぜ、ちがうか？　やつらがエリアスを合格させてくれると思ってんのか？」とボイーが言った。

エリアスは僕たちといっしょにいた。悲しそうで、ひとこともしゃべらなかった。

「まったく恥を知れってんだよ。どんなにこの坊主が勉強したか連中が知ったら、あっという間に受からせてもらえるのによ」とハットは言った。

「心配しなくてもいい。ローマは一日してならず！　今年だよ！　今年はもっともっとうまくいくとも。イギリス人連中に目にものみせてやろうじゃないか」とタイタス・ホイットが言った。

エリアスは僕たちとは離れて、タイタス・ホイットのところに住むようになった。僕たちはほとんどエリアスを見かけなくなった。昼も夜も猛勉強をしていた。

翌年の三月のある日のこと、タイタス・ホイットが僕たちのところにやって来て言った。「何が起こったか聞いたかね？」

「何が起こったんだよ？」とハットが訊いた。

「あの子は天才だよ」とタイタス・ホイットが言った。

「どの子だよ?」とエロルが訊いた。

「エリアスだよ」

「エリアスがどうしたんだよ?」

「あの子はケンブリッジ高等学業検定に受かったんだよ」

ハットはひゅーっと口笛を鳴らした。「ケンブリッジ高等学業検定?」

タイタス・ホイットはほほえんだ。「そのとおり。三等資格を取ったんだな。明日の新聞に出るよ。私がいつも言っておるように、しつこくて申し訳ないが、あの子は頭がよすぎるよ」

「エリアスの親父が死んじまったのはまじで残念だな。あいつはただのろくでなしだったけど、息子を学のある男にしたがってたからな」とハットがあとで言った。

その晩、エリアスがやって来て、大人も子どもも男たちは彼のまわりに集まった。みんなは本以外のことだったらなんでもしゃべり、エリアスも、映画とか女の子とかクリケットとかについてあれこれしゃべっていた。彼はやはりすごくしかつめらしく見えた。

いったん話が途切れたとき、ハットは言った。「これからどうするつもりなんだ、エリアス？　仕事を探すのか？」

エリアスはぺっとつばを吐いた。「いいや、また試験を受けようと思ってんだ」

「でも、どうしてさ？」と僕は言った。

「二等資格が欲しいのさ」

なるほど、と僕たちは理解した。彼は医者になりたかったのだ。

エリアスは道端に座ると言った。「そうさ、またあの試験を受けるつもりなんだ。それで今年は、おれが書いた文章を読んだら、あのケンブリッジ先生もじーんとくるくらいの成績を取ってやるよ」

僕たちは驚嘆の念につつまれて静まりかえった。

「英語と文学《びゅんがく》に足をひっぱられちゃうんだ」

エリアスが口にした「びゅんがく」は、僕が耳にしたなかでもっとも美しい言葉となった。何かの食べ物、チョコレートみたいにコクのあるもののように響いた。

「詩《しぃー》とかそういうやつを読まなくちゃいけねえってことか？」とハットが言った。

エリアスはうなずいた。エリアスのような少年に「びゅんがく」とか「しぃー」を勉強させるのは不公平だと僕たちは思った。

＊

エリアスは、父親が死んで以来空き家になっていたピンクの家に移り住んだ。彼は勉強しながら働いた。生徒としてではなく、先生としてタイタス・ホイットのところに戻ったのだ。エリアスに月に四十ドル払っている、とタイタス・ホイットは言った。

「それだけの価値はあるよ。あの子はポート・オブ・スペインでもっとも優秀なひとりだからね」とタイタス・ホイットはつけ加えた。

僕たちのところに戻ってきたので、以前よりもエリアスのことが目に留まるようになった。彼はストリートでいちばん清潔な少年だった。一日二回水浴びをし、一日二回歯を磨いた。それも、家の正面の水道のところで立ったまま行なうのだ。毎朝、学校に行く前には家を掃除した。父親とは正反対だった。彼の父親は太っていて背が低く、不潔だった。彼のほうはやせて背が高く、清潔だった。父親は飲んだくれて悪態をついた。エリアスはけっして酒を飲まなかったし、彼が悪い言葉を使うのを誰も聞いたことがなかった。

「おまえ、どうしてエリアスに似なかったのかねえ？　まったく、どうして神様はあたしにゃこんな息子しかくれなかったのかねえ」と母さんは僕によく言っていた。そしてボイーとエロルは、ハットやエドワードから殴られるたびに言っていた。「どうして殴るんだよ？　みんながみんなエリアスみたいにはなれねえんだぜ」

「あいつは頭がいいだけじゃねえ。あのエリアスのやつには、『品』ってものがあるわな」とハットは言ったものだ。

だから、エリアスが三度目の試験を受けて落ちたとき、僕は少しだけうれしかったのだと思う。

「イギリス人連中におれたちがどう思われてるか、わかるってもんだ。エリアスが試験に受からなかったかどうか、ここじゃ誰にもわかりゃしねえんだ。やつらはよ、エリアスに上の資格をやりたくねえんだ、そう思わねえか？」とハットが言った。

「まったく恥を知れってんだ」とみんなが言った。

「これからどうするつもりだ、坊主？」とハットが訊くと、エリアスは言った。「働こうと思うんだ。衛生検査官になるつもりなんだ」

カーキの制服とトピー帽に身を包んだエリアスが、小さなノートを片手に家から家を訪問している姿が目に見えるようだった。

「そうさ」とエリアスは言った。「衛生検査官になろうと思ってるんだ」

「いい稼ぎになると思うぜ。衛生検査官に目をつぶってもらうのによ、おまえの親父のジョージは月五ドル払ってたって聞いたことがある。そんなやつらが十人、いや八人でもいたってするだろ……十かけ五は五十、八かけ五は四十だ。だからよ、まるまる四、五十ドルが入ってくるわけだな。しかも給料以外にだぜ」とハットは言った。

「金なんてどうでもいいんだ。ほんとに好きな仕事なんだよ」とエリアスは言った。

それはすぐに理解できた。

「でもさ、試験があるんだ」とエリアスが言った。

「けどよ、その試験の答案はイギリスには送られねえんだろ?」とハットが言った。

「ああ。けど、試験とかそういうのって、おれ、びびるんだ。ぜんぜんツキがないからさ」とエリアスは言った。

「でもよ、おまえ、医者になるんじゃなかったのかよ」とボイーが言った。

「黙ってろ、ボイー。ぶっとばすぞ」とハットが言った。

けれど、ボイーは何も悪意があって言ったわけではなかった。

「考えを変えたのさ。おれがなりたいのは衛生検査官だと思うんだ。ほんとに好きな仕事なんだよ」とエリアスは言った。

*

三年のあいだ、エリアスは衛生検査官の試験を受け、そのたびに落ちた。

「けどな、トリニダードで何が期待できるってんだよ？　ここじゃ、足の爪を切ってもらうにも、みんなを買収しないといけないんだぜ」とエリアスは言うようになっていた。

「このあいだ、船から下りてきたやつに会ったんだ。そいつの話じゃよ、英領ギアナじゃ、衛生検査官の試験はずっと簡単らしいぜ。おまえ、英領ギアナに行って試験を受けて、それからこっちに戻ってきて働きゃいいんだ」とハットが言った。

エリアスは英領ギアナに飛び、試験を受け、落ち、戻ってきた。

「バルバドスから来たやつに会ったんだ。そいつの話じゃよ、バルバドスじゃ、試験はもっと簡単らしいぜ。楽勝だってよ」

エリアスはバルバドスに飛び、試験を受け、落ち、戻ってきた。

「このあいだ、グレナダから来たやつに会ったんだけどよ……」とハットは言った。

「ここでけんかになる前に、黙れってんだよ」とエリアスは言った。

＊

数年後、僕もケンブリッジ高等学業検定を受けた。ケンブリッジ先生は二等資格をくれた。僕は税関の仕事に応募した。その仕事に就くのに、それほど金はかからなかった。金ボタンのついたカーキの制服と帽子が支給された。衛生検査官の制服そっくりだった。

僕がはじめて制服を着た日、エリアスは僕を殴ろうとした。

「それをもらうためによ、おまえのお袋は何をやったんだ？」と彼は叫んだ。彼に向かっていこうとして、僕はエドスに止められた。

「あいつはさみしくて、うらやましいだけなのさ。悪気があるわけじゃないんだ」とエドスが言った。

というのも、エリアスはストリートの貴族になっていたからだ。彼はゴミ収集カートを運転していたのだ。

「ここには理屈なんていらないのさ」とエリアスは言ったものだ。「これこそ実践ってもんだよ。ほんとに好きな仕事なんだよ」

5　マン・マン

ミゲル・ストリートの誰もが、マン・マンはイカレていると言って相手にしようとしなかった。けれどいまでは、マン・マンが本当にイカレていたのか僕にはよくわからない。マン・マンよりはるかに狂っている人がいくらでも思い浮かぶからだ。

彼は狂っているようには見えなかった。背の高さは中くらいでやせていた。見た目も悪くなかった。いかにも頭のおかしそうな目つきで僕たちをじっと見つめたりすることもなかった。それに、話しかけると必ずすごくまともな答えが返ってきた。

けれど、たしかに彼には奇妙な習慣がいくつかあった。

市議会であれ立法委員会であれ、選挙のたびに立候補しては、選挙区のいたるところにポスターを貼りまくった。ポスターの出来はなかなかのものだった。ただひとこと「投票せよ」とあって、その下にマン・マンの写真があるのだ。

選挙のたびに、マン・マンはきっかり三票獲得した。それが僕には理解できなかった。マン・マンが自分に投票しているとして、あとの二人は一体誰なんだろう？

僕はハットに訊いてみた。

「おれにもまじでわかんねえんだよ。本当に謎だぜ。冗談好きの人間が二人いるのかもしれねえな。でもよ、同じことをこんなに何回もやってんだからな、かなりけったいな冗談好きだぜ。きっとマン・マンと同じくらいイカレてんだ」とハットは言った。

それからずっと長いこと、マン・マンに投票しているこの二人のことが僕は気になってしかたがなかった。少しでも変なことをしている人を見かけるたびに、「この人がマン・マンに投票してるのかな？」と考えた。

この街には、謎の人物が二人紛れこんでいたわけだ。

マン・マンはまったく働かなかった。けれど怠け者だったわけではない。彼は言葉、とりわけ書かれた言葉にすっかり魅せられていて、たったひとつの単語を書くのにまるまる一日を費やすのだった。

ある日、ミゲル・ストリートの角で僕はマン・マンに会った。

「坊主、どこ行くんだ？」とマン・マンが訊いた。

「学校に行くとこなんだよ」と僕は答えた。

するとマン・マンは僕をまじまじと見つめて、馬鹿にするような口調で言った。「おまえ、学校に行くんだな、え？」

「うん。学校に行くんだ」となにげなく答えたあとで、自分がそれと知らず、マン・マンの正しい、いかにもイギリス風の発音を真似ていることに気がついた。

それもまたマン・マンの謎のひとつだった。彼の発音。目を閉じて声だけを聞いていると、イギリス人――階級はそこそこで、文法にはうるさくないイギリス人――が話しているように思えるのだった。

「そうか、坊主は学校に行くわけだ」と、マン・マンは自分自身に話しかけるように言った。

それから彼は僕のことなんて忘れて、ポケットから長いチョークを一本取り出すと、道に字を書きはじめた。とても大きなSの字の輪郭を描き、なかを塗りつぶした。次にCとHとOを書いた。けれどそれからマン・マンは、いくつかのOの字を、だんだん小さくなっていくように書きはじめ、しまいには筆記体でOをいくつもいくつも続けた。

僕が昼食を食べに家に戻ると、マン・マンはフレンチ・ストリートまで達していて、書き損じをぼろ切れで消しながら、Oの字をまだ書きつづけていた。

午後のあいだに近所を一周して、ほとんどミゲル・ストリートまで戻ってきていた。

僕は家に帰ると、制服から普段着に着替えて表に出た。

彼はちょうどミゲル・ストリートのまんなかに差しかかっていた。

「そうか、今日坊主は学校に行ってたわけだな」とマン・マンは言った。

「うん」と僕は答えた。

彼は立ち上がると背中を伸ばした。

それからまたしゃがみこんで巨大なLの輪郭を描き、ゆっくり楽しそうにそのなかを塗りつぶした。

それが終わると、立ち上がって言った。「おまえはおまえの仕事を終え、おれも自分の仕事が終わった」

あるいは、こんなこともあった。クリケットに行くところなんだ、と僕たちがマン・マンに言うと、彼はまず「CRICK」と書いて、それから僕たちが戻ってくるまで、「E」の字にずっと集中していた。

ある日、マン・マンはミゲル・ストリートのはずれの大きなカフェに行って、丸椅子に座っている客に向かって、まるで犬にでもなったかのように吠え、うなりはじめた。店の主人で、腕が毛むくじゃらの大柄なポルトガル人の男が言った。「マン・マン、おれとケンカになる前にとっとと店から出ていってくれ」

マン・マンは笑っただけだった。

マン・マンは店からたたき出された。

次の日、主人が店に行くと、夜のあいだに誰かが店に忍びこみ、ドアを全部開けっぱなしにしていた。けれど、何かが盗まれたわけではなかった。

「何があってもマン・マンとだけはもめちゃいけねえ。あいつ、ぜったい忘れねえからな」とハットは言った。

その夜、カフェはまた忍びこまれて、ドアというドアが開けっぱなしにされた。

その次の夜もカフェは忍びこまれた。今度は、すべての丸椅子のまんなかとすべてのテーブルの上に、おまけにカウンターの上には均等な間隔で、小さな糞が残されていた。

カフェの主人は数週間にわたってストリートの笑い物となり、みんながまたカフェに行くようになるまでにはずいぶんと時間がかかった。

「な、言ったとおりだろ。あいつとだけは関わりたくねえもんだぜ。ああいう連中はよ、本当に頭がイカレてんだ。神様があんなふうに作っちまったのさ」とハットは言った。

こうしたこともあって、誰もマン・マンと関わろうとはしなかった。唯一の友だちは、マン・マンが飼っていた、耳のところに黒いぶちのある、白い小さな雑種犬だけだった。その犬も、ある意味ではマン・マンと似ていた。変わった犬だった。けっして吠えず、けっして僕たちのほうを見なかった。僕たちが犬を見つめても、目をそらした。ほかの犬とはけっして友だちにならなかった。ほかの犬が親しげであろうが攻撃的であろうが、マン・マンの犬は軽蔑したような一瞥《いちべつ》をくれると、振り返ることなくぶらぶらと遠ざかっていった。

マン・マンはこの犬が大好きで、犬もマン・マンのことが大好きだった。お似合いのコンビだった。マン・マンはこの犬がいなかったらやっていけなかっただろう。

マン・マンは、この犬の腸の運動をかなり自在に操れるようだった。

「まったくあれには参っちまうぜ。どうしてあんなことができるのか、おれにはさっぱりわからねえ」とハットは言った。

それはすべてミゲル・ストリートからはじまった。

ある朝、起きてきた女たちは、漂白して一晩じゅう外に干しておいた洗濯物が犬の糞で汚れていることに気がついた。そのあと、誰もそんなシャツやシーツを使いたがらなかった。マン・マンがやって来ると、誰もが喜んでその汚れた洗濯物をマン・マンにあげた。

マン・マンはその洗濯物を売っていたのだ。

「あんなことやるからよ、あいつが本当に狂ってるのかどうかわかんねえんだ」とハットは言った。

マン・マンのこの行動は、ミゲル・ストリートの外へと広がっていった。マン・マンの犬のせいでえらい目にあった人はみんな、ほかの人も同じ目にあえばいいのだと思っていた。

ミゲル・ストリートの僕たちは、ちょっぴりマン・マンが誇らしくなった。

＊

何がマン・マンをまともにしたのか、僕にはわからない。ひょっとすると、犬の死が関係しているのかもしれない。車にはねられたのだ。ハットの話では、ただ短くキャンと鳴いて、それから静かになったそうだ。

マン・マンは、放心状態で何日もさまよい歩いた。

彼が道に字を書くこともなくなった。僕やほかの少年たちに話しかけることもなくなった。ひとりごとを言いはじめ、手を組み合わせたり、マラリアにかかったみたいに全身を震わせたりした。

そしてある日、風呂を浴びたあとに神を見た、と彼は言った。

僕たちはそれほど驚かなかった。ポート・オブ・スペインでは、というより当時のトリニダードでは、神様を目にするのはよくあることだったからだ。フェンテ・グローブ出身の神秘主義の指圧師ガネーシュ先生《パンディット》が最初だった。彼も神に会い、『神がわたしに語ったこと』という小冊子を出版した。多くのライバルの神秘主義者たちが、それに少なからぬ指圧師たちが、同じことを言った。こんなふうに神が地元にいたわけだから、マン・マンが神を見たとしても不思議ではないだろう。

マン・マンは、ミゲル・ストリートの角にあったメアリーの店の日除けの下で説教をしはじめた。毎週土曜日の夜が説教の日だった。彼は髭を伸ばし、丈の長い白いローブに身を包んだ。聖書やそのほかの聖品を手にして立ち、アセチレンランプの白い光を浴びながら説教をした。印象的な説教だった。その話しぶりもまた一風変わっていた。女たちを泣かせ、ハットのような人たちを本当に心配させた。

彼は聖書を右手に持ち、左手でそれをぱしっとたたくと、完璧なイギリス風の発音で言うのだ。「ここ数日、わたしは神に話しかけていたんだが、神があなたたち民衆について言ったことは、聞いていてあんまり気持ちのいいものではなかった。最近、この島を自立させると政治家連中が言っておるのはご存知のとおりだ。神が昨日の晩わたしに何と言ったと思う？　そう、昨日の晩、ちょうど食事が済んだあとに何て言ったと思う？　『マン・マン、ここに来てあの人々を見てごらん』と神はおっしゃった。神がわたしに見せてくれたのは、妻を食らう夫、夫を食らう妻だった。神がわたしに見せてくれたのは、息子を食らう父親、娘を食らう母親だった。神がわたしに見せてくれたのは、妹を食らう兄、弟を食らう姉だった。これこそ、あの政治家どもがこの島を自立させると言って、やろうとしていることなのだ。しかし同胞よ、まだ遅くはない。いまこそ神のもとに戻ろうではないか」

＊

土曜日の夜のマン・マンの説教を聞いたあと、僕は悪夢にうなされた。でも不思議だったのは、彼が人々を怖がらせれば怖がらせるほど、より多くの人が彼の説教を聞きに来るようになったことだった。そして募金のときには、より多くの金額が集まるようになった。

平日のあいだは、彼はぶらぶら歩き回っているだけだった。白いローブを着て、食べ物を乞い歩いた。イエスが命ずるところを行なっているだけだと言って、持ち物を全部人にあげてしまっていた。彼の黒くて長い髭と深みのある輝く目を見れば、どうにも断れなくなるのだ。彼は僕には目もくれなくなり、「そうか、学校に行くのか?」などと二度と訊くことはなかった。

ミゲル・ストリートの人たちは、この変化をどう考えたものかさっぱりわからなかった。マン・マンのやつ、ほんとに狂っちまったんだ、とか言って気を紛らわせようとしたけれど、僕といっしょで、マン・マンが本当におかしいのか確信が持てなかったのだと思う。

そのあとに起こったことは、それほど思いがけないことではなかった。

マン・マンは、自分こそが新しいメシアであると告げたのだ。

「おめえら知らねえのか?」とハットが言った。

「何をさ?」と僕たちは訊いた。

「マン・マンのことだよ。近いうちに十字架に磔《はりつけ》になるんだと」

「誰もあいつに手なんか出さないだろ」とエドワードが言った。「いまじゃ、みんな怖がってるからな」

「いいや、そうじゃねえんだ。自分で自分を磔にすんだよ。近いうちの金曜日によ、あいつ、ブルーの滝に行ってな、自分自身を十字架に縛りつけて、みんなに石をぶつけさせるつもりなんだぜ」とハットが説明した。

誰かが――エロルだったと思う――笑った。でも誰もいっしょに笑ってくれないことに気がついて、また黙りこんだ。

でも、驚いて心配はしたものの、マン・マンがミゲル・ストリートの出身だということが、僕たちはとても誇らしかった。

ちょっとした手書きのビラが、店やカフェやいくつかの家の戸口に貼られだし、マン・マンの磔が迫っていることを告げていた。

「ブルーの滝はすげえ人だかりになるぜ」とハットは予告し、誇らしげにつけ加えた。

「警察も来るらしいぜ」

その日の早朝、店が開き、トロリーバスがアリアピタ大通り《アベニュー》を走りだす前から、ミゲル・ストリートの角にはものすごい人だかりができていた。黒い服を着た男たちがたくさんいたけれど、白い服を着た女たちのほうがもっと多かった。みんな賛美歌を歌っていた。警官も二十人ほどいたけれど、賛美歌は歌っていなかった。

マン・マンが現われた。とてもやせて、とても神々しく見えた。女たちは泣き叫びながら、彼のガウンに触ろうと駆け寄った。警官たちは何があってもいいように身構えていた。

一台のバンが、木でできた大きな十字架を載せてやって来た。

「マッチの木でできてるって話だぜ。重くはねえわな。ていうか、めっちゃ軽いじゃねえか」とサージのスーツに身を包んだハットは不満そうに言った。

「そんなのどうでもいいだろ？　大事なのはハートと魂だろ」とエドワードがかみつくように言った。

「おれは何も言ってねえよ」とハットは言った。

男たちはマン・マンに渡そうとバンから十字架を降ろそうとしたけれど、マン・マンはそれをさえぎった。彼のイギリス風の発音が、早朝の空気に印象的に響きわたった。

「ここじゃない。ブルーの滝まで取っておいてくれ」

ハットはがっかりした。

僕たちは、ポート・オブ・スペインの北西の山中にある、ブルーの滝まで歩いた。着くまでに二時間かかった。マン・マンは街道から十字架を担ぎはじめ、岩がちの小道を上り、滝のかたわらに下りた。

男たちが十字架を立て、そこにマン・マンを縛りつけた。

マン・マンは言った。「さあ石を投げなさい、同胞よ」

女たちは泣き、砂と砂利を少しだけ彼の足下に投げつけた。

マン・マンはうめき声をあげて言った。「父なる神よ、彼らを赦《ゆる》したまえ。彼らは自分たちが何をやっているかわかっておらんのです」それから大声で叫んだ。「石を投げなさい、同胞よ！」

卵くらいの大きさの小石が彼の胸に当たった。

マン・マンは叫んだ。「石を投げなさい、石を。わたしに石を投げなさい、同胞よ！わたしはあなたたちを赦す」

「あの野郎、まじで勇気があるぜ」とエドワードが言った。

人々は本当に大きな石をマン・マンの顔や胸めがけて投げはじめた。マン・マンは傷つき、驚いたみたいだった。彼は怒鳴った。「どういうことだよ？　おめえら何やってんのかわかってんのか？　おい、早くここから降ろせよ、とっとと降ろせよ。おれに石を投げやがったあのクソ野郎に仕返ししてやるんだ」

エドワードとハット、それに僕たち一行が立っていたところからだと、それは苦悶の叫びのように聞こえた。

もっと大きな石がマン・マンに当たった。女たちは砂と小石を彼に投げつけた。「こんな馬鹿げたことはやめろよ、やめろってんだよ。こんなクソなことはもうたくさんだ、わかったかよ」と、マン・マンがはっきりと大きな声で叫ぶのが僕たちにも聞こえた。それからあまりに大声で口汚くののしりはじめたので、誰もが驚いて動きを止めた。

警察がマン・マンを連れていった。

当局は、保護観察のためにマン・マンを一時的に拘束した。そして、永久に。

6 B・ワーズワース

毎日きっかり決まった時間に、物乞いが三人、ミゲル・ストリートの気前のいい家々を訪れた。十時ごろになると、ドーティ（ヒンドゥー教徒の男性が着用する腰布）と白い上着を着たインド人がやって来て、僕たちは彼が背負った袋のなかに缶ひとすくい分の米を入れてあげた。十二時になると、年老いた女が陶製のパイプをふかしながらやって来て、一セントもらっていった。二時には、子どもに手を引かれた盲目の男がやって来て、お金を乞い求めた。ならず者がやって来ることもあった。ある日、男がひとりやって来て、おれ、腹が減ってんだ、と言った。僕たちは食事を出した。男はタバコをくれと言い、僕たちがタバコに火をつけてやるまでどこにも行こうとしなかった。その男は二度と現われなかった。

ある日の午後四時ごろ、それまででいちばん風変わりな人がやって来た。僕は学校から帰っていて、普段着になっていた。「坊や、おたくの庭にお邪魔してもいいかい？」

とその男は僕に言った。

　小柄な男で、身なりはきちんとしていた。帽子をかぶり、白いシャツと黒いズボンを身につけていた。

「なんの用？」と僕は訊いた。

「おたくの蜂を見たいんだよ」と男は言った。

うちには小さなグルグルヤシが四本あって、呼ばれもしないのに蜂がぶんぶん飛び交っていた。

僕は階段を駆け上がり、「母さん、外に男の人がいるよ。蜂が見たいんだってさ」と大声で言った。

母さんが出てきて、男を見ると「何の用だい？」と冷たい口調で訊いた。

「おたくの蜂を見たいんです」と男は言った。

その男の英語はあまりにちゃんとしていて不自然に聞こえた。母さんは明らかに警戒していた。

「ここにいな。あいつが蜂を見てるあいだ、ちゃんと見張っとくんだよ」と母さんは僕に言った。

「ありがとう、奥さん。今日は善いことをなさいましたね」と男は言った。とてもゆっくり、とても正確に彼は話した。まるで、一言ひとことにお金がかかっているかのようだった。

男と僕はヤシの木の近くに座りこみ、蜂が飛び回るのを一時間くらい観察していた。「私は蜂を観察するのが好きなんだ。坊や、きみは蜂を観察するのは好きかい？」と男は言った。

「そんな時間ないよ」と僕は言った。

彼は悲しそうに首を振った。「ただ観察するだけ。それが私のやっていることなんだ。私は何日も蟻の観察をすることだってできるよ。きみは蟻を観察したことがあるかい？それからサソリ、ムカデ、ヤスデ。こういったものをきみは観察したことがあるかい？」

僕は首を振った。

「どんな仕事してるのさ、おじさん？」と僕は訊いた。

「私は詩人だよ」と彼は立ち上がって言った。

「いい詩人？」と僕は訊いた。

「世界でいちばんすばらしい詩人だよ」と彼は答えた。

「なんて名前、おじさん?」

「B・ワーズワース」

「ビルのB?」

「ブラック。ブラック・ワーズワース。ホワイト・ワーズワースは私のお兄さんだったんだ。私たちは同じ心を分かちあっているんだ。私はね、アサガオのような小さな花を見ても泣くことができるんだよ」

「なんで泣くのさ?」と僕は訊いた。

「なぜかって? 少年よ、なぜかって? 大きくなったらきみにもわかるよ。いいかい、きみも詩人なんだよ。そして詩人というものはね、どんなことにでも泣けるものなんだ」

僕は笑えなかった。

「きみはお母さんのことが好きかい?」と彼は訊ねた。

「僕をたたかないときはね」

彼はお尻のポケットから印刷された紙を一枚取り出して言った。「この紙には母についてのもっともすばらしい詩が書かれているんだ。きみになら特別価格で売ってあげよう。四セント」

「母さん、四セントの詩買いたい？」と僕は家のなかに入って訊いた。

「うちの庭からとっとと出てけって、そのろくでなしに言っときな。わかったね」と母さんは言った。

「母さんが、四セントなんてないって」と僕はB・ワーズワースに言った。

「詩人の悲劇ですな」とB・ワーズワースは言った。

それから紙をポケットにしまった。気にしていないようだった。

「こんなふうに詩を売り歩くのっておかしいよね。こんなことするのカリプソ歌手だけだと思ってた。買う人、結構いるの？」

「買ってくれた人はまだひとりもいないよ」

「だったらどうして売り歩くのさ」

「こんなふうにしてね、多くのことを観察しているんだよ。そして、詩人と出会えたらなあといつも願っているんだ」

「ほんとに、僕のこと詩人って思ってる？」と僕は訊いた。

「きみは私と同じくらいいい詩人だよ」と彼は答えた。

Ｂ・ワーズワースが帰ったあと、もう一度この人と会えますようにと僕は祈った。

＊

それから一週間ほどしたある日の午後、学校からの帰りにミゲル・ストリートの角で僕は彼に会った。

「ずっときみを待っていたんだよ」と彼は言った。

「詩、もう売れた？」と僕は訊いた。

彼は首を横に振った。

「うちの庭にはポート・オブ・スペインいちばんのマンゴーの木があるんだ。実がちょうど真っ赤に熟れごろでね、とても甘くてみずみずしいんだ。うちに来てマンゴーを食べないかって誘おうと思って、ここできみを待っていたんだ」

彼はアルベルト・ストリートに住んでいた。一部屋しかない小屋で、敷地のまんなかに建っていた。庭一面が緑におおわれているようだった。大きなマンゴーの木があった。ココナッツの木もあったし、プラムの木もあった。草木が生い茂り、街なかにある感じがまったくしなかった。通り沿いの大きなコンクリートの建物はあまり見えなかった。彼が言ったとおりだった。マンゴーは甘くてみずみずしかった。僕は六個くらい食べた。黄色いマンゴーの汁が、腕からひじに、口からあごに垂れ落ちて、シャツが染みだらけになった。

家に帰ると、「どこ行ってたんだい？　もういっぱしの大人で、どこでも好きなところへ行けるとでも思ってんのかい？　ムチになる枝を切ってきな」と母さんは言った。母さんにかなりこっぴどくたたかれ、二度とこんな家に戻るもんかと僕は家を飛び出した。B・ワーズワースの家に向かった。腹立ちのあまり鼻血が出ていた。

「泣くのはおやめ。いっしょに散歩しよう」とB・ワーズワースは言った。

僕は泣きやんだけれど、息は荒いままだった。僕たちは散歩に出かけた。セント・クレア大通り《アベニュー》をサバンナ公園へと下り、競馬場まで歩いた。

「さあ、芝生に横たわって空を見上げよう。あの星たちがどれほど遠いところにあるか考えてごらん」とB・ワーズワースは言った。

＊

言われたとおりにすると、彼の言いたいことがわかった。自分が本当にちっぽけに感じられた。と同時に、それまでの人生のなかで自分がこれほど大きくてすばらしく思えたこともなかった。怒っていたことも、泣いていたことも、ひっぱたかれたこともすっかり忘れた。

気分がよくなったと僕が言うと、B・ワーズワースは星の名前を僕に教えはじめた。なぜだかわからないけれど、オリオン座が特に記憶に残った。僕はいまでもオリオン座を指差すことができる。けれど、残りはすっかり忘れてしまった。

いきなり、懐中電灯の光が僕たちの顔を照らした。警官だった。僕たちは芝生から立ち上がった。

「ここで何やってんだ」と警官が訊いた。

「その質問を私は四十年間ずっと自分に問いつづけているのです」とB・ワーズワースは答えた。

僕たちは、B・ワーズワースと僕は、友だちになった。「私のことをけっして誰にも言ってはいけないよ。マンゴーの木のことも、ココナッツの木のことも、プラムの木のことも誰にも言ってはいけないよ。秘密は守らないとね。もし誰かに言ったら、私にはすぐにわかるんだよ。私は詩人だからね」と彼は言った。

僕は彼と約束をし、それを守った。

僕は彼の小さな部屋が好きだった。ジョージの家の通り側の部屋と同じくらい家具がなかったけれど、ずっと清潔で健康的だった。けれど、やはりさびしい感じもした。

ある日、「ワーズワースさん、庭のやぶ、どうしてこんなふうにほったらかしにしてるのさ？　ジメジメするんじゃないの？」と僕は訊いた。

「よくお聞き。物語をひとつ聞かせよう。昔むかし、少年と少女が出会い、恋に落ちた。ふたりは深く愛しあい、結婚した。彼らはふたりとも詩人だった。彼は言葉を愛した。彼女は草を、花を、木を愛した。ふたりはひとつの部屋で幸福に暮らしていた。そしてある日、詩人の少女が詩人の少年に言った。『家族にもうひとり詩人が増えるわよ』ってね。しかし、この詩人が生まれることはなかった。なぜなら少女が死んでしまい、彼女のなかにいた幼い詩人もいっしょに死んでしまったからだよ。少女の夫は深く悲しんだ。そして、少女の庭にある物にはいっさい手を触れないと決めたんだ。だから、庭はそのままに放置され、草木が生い茂ったのさ」

僕はB・ワーズワースを見つめた。このすてきな物語を僕に聞かせているうちに、彼は老けてしまったように見えた。僕には彼の物語がよくわかった。

僕たちはふたりして長い散歩に出かけた。植物園と岩石公園に行った。僕たちは午後遅くにチャンセラー・ヒルに登り、夕闇につつまれていくポート・オブ・スペインを眺めた。街なかや港の船に、明かりがともるのを見つめた。

彼はあらゆることを、まるで生まれてはじめてするかのように行なった。彼はあらゆることを、まるで教会の儀式を執り行なうかのように行なった。

「さてと、アイスクリームでも食べないかい?」と彼は僕によく言ったものだ。

そして、僕がうんと答えると、「さて、どのカフェをひいきにすべきかな?」とすごく真剣な顔つきになって言うのだ。まるで、それがとても重要なことであるかのように。しばらく考えたあとでようやく、「あの店に行って、値段の交渉をしようと思うんだ」と言うのだった。

世界はすごくわくわくする場所になった。

*

ある日、彼の庭にいたときのことだ。「私には大きな秘密があってね、それをいまからきみに打ち明けようと思うんだ」と彼が言った。

「本当に秘密なの？」と僕は訊いた。

「そう。いまのところはね」

僕は彼を見つめた。彼も僕を見つめた。「いいかい、これはきみと私だけの話だよ。私はいま詩を書いているんだ」

「そうなの」僕はがっかりした。

「でもね、この詩はただの詩じゃないんだ。世界でいちばんすばらしい詩なんだよ」と彼は言った。

僕はひゅーっと口笛を鳴らした。

「この詩にもう五年以上かかりっきりなんだ。いまから二十二年くらいしたら完成できると思う。いまのペースで書きつづけたらの話だけどね」

「じゃあ、たくさん書いてるの？」

「昔ほどではないね。ひと月に一行だけなんだ。でもね、すてきな一行を書くようにしているんだ」

「先月のすてきな一行ってどんなの？」と僕は訊いた。

彼は空を見上げた。そして言った。「過去は深い」

「きれいな一行だね」

「まるまるひと月分の経験を詩の一行に純化したいと思っているんだよ。だから二十二年後にはね、全人類に歌いかける詩ができあがっているだろうね」とB・ワーズワースは言った。

僕は驚嘆の念で胸がいっぱいになった。

*

僕たちの散歩は続いた。ある日、ドックサイトの防波堤沿いを歩いていたときのことだ。「ワーズワースさん、もしもこのピンを水のなかに落としたらさ、これ、浮かぶと思う?」と僕は訊いた。

「世界は奇妙なところだからね。ピンを落としてごらん。どうなるか見てみようじゃないか」と彼は答えた。

ピンは沈んだ。

「今月の詩はどう?」と僕は訊いた。

けれど、ほかの行についてはは何も教えてくれなかった。「ああ、そのうちできるよ。うん、そのうちにね」と答えただけだった。

僕たちは防波堤に腰かけて、港に入ってくる客船を見つめた。

けれど、世界でいちばんすばらしい詩について聞かせてもらうことは二度となかった。

＊

彼がだんだんと老いていくように感じられた。

＊

「ワーズワースさん、どうやって暮らしてるのさ？」と、ある日僕は訊いた。

「どうやってお金を稼いでいるのかってことかい？」と彼は言った。

僕がうなずくと、彼は顔をゆがめて笑った。

「シーズンになるとカリプソを歌うんだよ」と彼は言った。

「それで一年の残りやっていけるの？」

「十分だね」

「でもさ、世界でいちばんすばらしい詩を書いたら、世界でいちばん金持ちになれるんだよね?」

彼は返事をしなかった。

*

ある日、彼の小さな家に行くと、彼は小さなベッドに横たわっていた。すごく年老いて、すごく具合が悪そうで、僕は泣きたくなった。

「詩がうまくいかないんだよ」と彼は言った。

彼は僕を見ていなかった。窓ごしにココナッツの木を見ていた。まるで僕がそこにいないかのような話しぶりだった。「二十歳のときは自分のなかに力を感じていた」と彼は言った。彼の顔はだんだんと老いていき、憔悴していった。「しかしそれは、それは、ずっと昔のことだ」

そのとき、僕はそれを痛いほど感じた。まるで母さんからひっぱたかれたみたいだった。それは彼の顔にはっきりと現われていた。見まがいようもなくそこにあった。死が、小さくなっていく顔の上にあった。

彼は僕を見た。僕の涙を見ると起き上がった。

「おいで」と彼は言った。僕は近寄って、彼の膝の上に座った。

「ああ、きみにも見えるんだね。きみが詩人の目を持っていることはいつだってわかっていたよ」と、僕の目を覗きこんで彼は言った。

彼は悲しそうにさえ見えなかった。それで僕は大声で泣いた。

彼はやせた胸に僕を引き寄せ、「面白い話をしてもらいたいかい？」と言った。そして、僕を元気づけるようにほほえんだ。

けれど、僕は返事ができなかった。

「この物語を聞きおわったら、ここから立ち去って二度と私に会いに戻ってこないと約束してほしいんだ。約束してくれるかな？」と彼は言った。

僕はうなずいた。

「それでいい。いいかい、よくお聞き。きみに話して聞かせた、詩人の少年と詩人の少女の物語のことを覚えているかい？　あれは嘘っぱちだよ。私がでっちあげたものなんだ。詩の話も、世界でもっともすばらしい詩の話もすべて嘘。どうだい、こんな面白い話、聞いたことないだろう？」と彼は言った。

でも、彼の声は震えていた。

僕は彼の家を出ると、泣きながら家へと走りだした。詩人のように、目にするものすべてに涙を流しながら。

*

一年後、アルベルト・ストリートを通った。詩人の家は跡形もなくなっていた。しかも、単に消えていただけではなかった。解体され、大きな二階建ての建物に取って代わられていた。マンゴーの木も、プラムの木も、ココナッツの木もすべて切り倒され、そこらじゅうに煉瓦《れんが》とコンクリートが散らばっていた。

まるで、B・ワーズワースなんてそもそも存在していなかったかのようだった。

7 腰抜け

大足《ビッグ・フット》は本当に大きくて、本当に肌が黒かった。ミゲル・ストリートの誰もが彼のことを怖がっていた。とはいっても、みんなが怖がっていたのは、ビッグ・フットの大きさや黒さではなかった。ビッグ・フットよりももっと肌が黒くて、もっと大きな人はほかにもいたからだ。みんなが怖がっていたのは、ビッグ・フットがとにかく機嫌が悪く、無口だったからだ。けっして吠えないけれど、じっと横目で人のことを見るおそろしい犬のように、彼は物騒に見えたのだ。

「たしかに無口だけどよ、あれは全部ただの見せかけだぜ。無口なのは、単に何も言うことがねえからだ。ただそれだけさ」とハットは言っていた。

それでいてハットは、「ビッグ・フットとおれか？　おれたちは心の友よ。いっしょに育ったんだ」と、競馬場やクリケット場で誰彼かまわず言いふらしていた。

「いいかい、ビッグ・フットは僕のストリートに住んでるんだ。ビッグ・フットのことはよく知ってるんだからね。僕に手を出したりしたら、言いつけてやるからな」と僕自身もよく学校で言っていた。

その当時、僕はビッグ・フットに声ひとつかけたことがなかった。

ミゲル・ストリートの僕たちは、彼を仲間扱いできることを誇りにしていた。ビッグ・フットはポート・オブ・スペインではちょっとした人物で、かなり有名だったからだ。ある日ビッグ・フットは、ラジオ・トリニダードの建物に石を投げて窓ガラスを割った。どうしてそんなことをしたのかと判事が訊くと、ビッグ・フットは「やつらの目を覚ますためです」とだけ答えた。

ある篤志家が彼の罰金を肩代わりした。

それから、ビッグ・フットがディーゼルバスの運転手をしていた時期があった。彼は街を出て、五マイル先にあるカレナギ海岸へバスを走らせると、全員降りて水浴びをしろ、と乗客に命令した。みんなが言われたとおりにするように、そばで見張っていたそうだ。

そのあと、彼は郵便配達の仕事についた。手紙をまちがったところに配達して、大騒ぎになった。ビッグ・フットは半分まで手紙が詰まったかばんを持って、ドックサイトで大きな足をパリア湾の水に浸していた。

「そこらじゅうを歩き回って手紙を配達するなんて、きつい仕事だぜ。切手じゃねえんだぞ、まったく」と彼は言った。

　トリニダードじゅうがビッグ・フットのことをひょうきん者だと考えていたけれど、彼のことを知っている僕たちはそう思わなかった。

　スティールバンド（ドラム缶から作った打楽器を演奏する音楽バンド）の評判を落とすのは、ビッグ・フットのような人だった。いつほかのバンドとけんかになってもおかしくなかった。けれど、あまりに大きくて物騒に見えたので、ビッグ・フット自身はけんかには一度も巻きこまれなかった。だから、一回の服役が三ヶ月以上になったこともなかった。

　とりわけハットは、ビッグ・フットを怖がっていた。「どうしてビッグ・フットを刑務所にブチこんだままにしておかねえのか、おれにはわかんねえぜ」とよく言っていた。

　カーニバルでドラムをたたきながらストリートで踊っているときくらいは、いくらビッグ・フットでも笑って楽しんでいると思うだろう。でもそうではなかった。こういうときこそ、彼はとびっきり不機嫌で怖そうな顔をするのだ。ビッグ・フットがドラムをたたいている姿はひどく真剣で、まるで何か神聖な儀式を執り行なっているように見えた。

ある日、僕たちは大勢で映画を見に行った。ハット、エドワード、エドス、ボイー、エロル、それに僕。僕たちは一列に座って、映画のあいだじゅう、笑ったり話したりして楽しんでいた。

「黙れ」と、うしろから誰かがとても静かに言った。

振り返ると、ビッグ・フットがいた。

ビッグ・フットはけだるそうにズボンのポケットからジャックナイフを取り出した。そして刃をかちゃっと出すと、僕の椅子の背に突き刺した。

ビッグ・フットはスクリーンを見上げると、怖いくらい愛想よく言った。「しゃべれよ」

映画が終わるまで、僕たちはひとこともしゃべらなかった。

「あんなことすんのは、警官の息子だけだぜ。警官と神父の息子だけだな」とハットはあとで言った。

「ビッグ・フットが神父の息子ってことかよ？」とボイーは言った。

「おまえ、本当にアホだな。神父がガキ作ったりするか?」とハットは言った。

ビッグ・フットの父親については、ハットからよく聞いていた。父親は、ビッグ・フットに負けず劣らずおそろしい人だったらしい。ボイーとエロルと僕がおしおきの跡を比べあっていると、ときどきボイーは言った。「おれたちの殴られ方は、ビッグ・フットが親父にやられてたのと比べれば屁《へ》でもないさ。なんせ、それでビッグ・フットはあんなに大きくなったんだからな。ちょっと前に、ベルモントに住んでいるやつにサバンナ公園で会ったんだけどよ、たたかれると大きくなるんだってそいつが言ってたぜ」

「どうしようもなくアホだな、おまえ。どうしてそんなふうに馬鹿話を真に受けんだよ」とエロルが言った。

ハットがこう言ったことがあった。「警官だったビッグ・フットの親父はな、毎日ビッグ・フットを殴ってた。まるで殴るのが薬みたいだったぜ。一日三回食後に必ず、ってわけだな。そのあとでビッグ・フットはなんて言ってたと思う? あいつはな、『大きくなっておれに子どもができたら、そいつらをぶん殴ってやる、ぶん殴ってやるんだ』って言ってたぜ」

そのときは恥ずかしくて言わなかったけれど、母さんにたたかれると、よく僕も同じことを思っていた。

「ビッグ・フットの母さんはどうだったの？　母さんもよく殴ってたの？」と僕はハットに訊ねた。

「とんでもねえ。だったらビッグ・フットはくたばってたぜ。あいつにはお袋はいなかった。ありがたいことによ、親父は結婚しなかったんだな」とハットは言った。

＊

当時はポート・オブ・スペインじゅうにアメリカ人がうろうろしていて、街は活気づいていた。アメリカ人は気さくでいつでも気前よくものをくれるということを、子どもたちはすぐに知った。ハットはちょっとした商売を始めた。僕たち五人を界隈のいたるところに行かせ、ガムやチョコレートをねだらせたのだ。ガムをハットに一パック渡すたびに一セントもらえた。一日で十二セントも稼げるときもあった。あとになって、ハットはガムを一パック六セントで売っていると言った子がいたけれど、僕は信じなかった。

ある日の午後、家の前に立っていると、アメリカ人の兵士がひとりこちらへやって来るのが見えた。午後の二時ごろでとても暑く、表にはほとんど誰もいなかった。

僕が駆け寄っていって、「ねえ、ガム持ってない？」と訊くと、そのアメリカ人は思いがけない行動をとった。

物乞いのガキが、とかなんとか彼はつぶやいた。僕にビンタかげんこつをくらわせるつもりだったのだろう。それほど大柄な人ではなかったけれど、僕は怖かった。そのアメリカ人は酔っ払っていたのだと思う。

アメリカ人は口をへの字に曲げた。

すると、「おい、そのガキに手を出すなよ。聞こえたか」とぶっきらぼうな声がした。ビッグ・フットだった。

ほかにはひとことも言わなかった。アメリカ人は急におとなしくなり、いかにものんびり散歩しているふうを装って立ち去っていった。

ビッグ・フットは僕には見向きもしなかった。

＊

それからというもの、「ねえ、ガム持ってない？」などと僕は二度と言わなかった。

こういうことがあったのに、僕はビッグ・フットが好きになれなかった。ビッグ・フットのことがさらに怖くなったからだと思う。

僕はハットに、アメリカ人とビッグ・フットの一件を話した。

「アメリカ人はそんなやつばかりってわけじゃねえぜ。そんなことで一日十二セントをフイにするんじゃねえだろうな」とハットは言った。

でも僕は断固としてもう物乞いはしなかった。

「ビッグ・フットがいなかったら、あいつに殺されていたかもしれないからね」と僕は言った。

「ビッグ・フットが本当にでかくなる前に、親父が死んじまってよかったな、まったく」とハットは言った。

「一体、ビッグ・フットの親父さんに何があったのさ?」と僕は訊いた。

「聞いたことねえのか? 有名な話だぜ。一九三七年に油田で暴動があったときにな、黒人の連中が親父をボコボコに殴って殺しちまったのよ。親父は英雄気取りだったんだな。いまのビッグ・フットが英雄気取りなのとまったく同じだぜ」

「ハット、どうしてビッグ・フットのことが嫌いなの?」

「嫌いだなんて言ってねえぜ」とハットは言った。

「じゃあ、どうしてそんなにビッグ・フットのことを怖がってるのさ？」と僕は言った。

「おまえも怖いんだろ？」

僕はうなずいた。「でもさ、もしかして、むかしビッグ・フットに何かしたことが気になってるの？」

「たいしたことじゃねえんだ。まったくおかしな話だぜ。おれたちはみんなでビッグ・フットをいじめてた。あいつは小さいときはガリガリもいいところでな、そこらじゅうであいつを追っかけまわして楽しんだもんよ。あいつはとにかく足がノロくてな」

僕はビッグ・フットに同情した。

「どうしてそれがおかしいのさ？」と僕は言った。

ハットは言った。「まあ聞けよ。その結果が一体どうなったと思う？ ビッグ・フットはおれたちのなかで足がいちばん速くなったんだ。学校の運動会で、百ヤードを十秒四で走ったのさ。まあ、一応そういうことになってる。だけど、トリニダードの連中が時間をきちんと測れないのは、おまえも知ってのとおりだからな。ともかくよ、それでおれたちはみんな、あいつと仲よくなりたくなったんだ。けど、あいつのほうはおれたちをとにかく嫌ってよ」

そのとき僕は、子どものときにいじめられたハットやほかの連中を殴りたくなるのを、ビッグ・フットはどうして我慢しているんだろうと思った。

けれど、ビッグ・フットのことはやはり好きになれなかった。

*

ビッグ・フットはしばらくのあいだ大工になった。そして実際に、巨大な衣装棚を二つか三つ作った。雑な作りで見てくれの悪い代物だった。けれど彼はそれを売った。それから次に煉瓦《れんが》職人になった。トリニダードの職人には、変なプライドなどない。専門家なんていないのだ。

ある日、ビッグ・フットは僕の家の庭に仕事にやって来た。

僕はビッグ・フットの様子をそばで見ていた。僕は話しかけなかったし、向こうからも話しかけてくることはなかった。ビッグ・フットは自分の足をこてがわりに使っていた。「始終かがみこんでなきゃならんなんて、きつい仕事だぜ」と彼はぶつぶつ言った。

ビッグ・フットの仕事ぶりはなかなかのものだった。足が大きいのも無駄ではなかったわけだ。

ビッグ・フットは四時ごろ仕事を切り上げ、僕に話しかけてきた。

「坊主、散歩に行こう。暑いから涼みたいんだ」とビッグ・フットは言った。

行きたくはなかったけれど、行かなくてはいけない気がした。

僕たちはドックサイトの防波堤へ行き、海を眺めた。すぐにあたりが暗くなりはじめた。港に明かりがともった。世界はとても大きく、暗く、そして物音ひとつないように思われた。僕たちは何も言わずに立ち上がった。

そのとき不意に僕たちのすぐ近くで、犬の甲高い鳴き声が静寂を鋭く切り裂いた。

その声があまりに突然で耳慣れないものだったので、僕はしばらくのあいだその場から動けなかった。

それはただの犬だった。白と黒のぶちの小犬で、大きな耳をパタパタさせていた。全身ずぶ濡れで、人なつっこさまる出しでしっぽを振っていた。

「おいで」と僕が言うと、小犬はぶるぶると体を震わせ、飛び散った水が僕にかかった。それから、キャンキャン吠えたり身をくねらせたりしながら、ところかまわず僕に飛びついた。

ビッグ・フットのことを僕はすっかり忘れていた。どこにいるんだろうと探してみると、二十ヤードほど先を全速力で走っていた。

「大丈夫だよ、ビッグ・フット」と僕は大声をあげた。

けれど、ビッグ・フットは僕の大声を耳にする前に立ち止まった。

「なんてこった。死にそうだ、死にそうだ。でっかい瓶で足を切っちまったぜ」と彼は絶叫した。

僕と犬は彼のところに駆け寄った。

けれど犬が近くにやって来ると、ビッグ・フットはひどく出血している足のことなんて忘れてしまったようだった。彼はそのずぶ濡れの犬を抱いたりなでたりしはじめた。

そして狂ったように笑いだした。

＊

ビッグ・フットの足の傷はかなりひどく、翌日には包帯がぐるぐる巻かれていた。僕の家の庭で始めた仕事を仕上げに来ることができなかった。

僕はミゲル・ストリートのほかの誰よりも、ビッグ・フットのことを知っている気がした。そして、それほど知っていることが怖かった。知りすぎたがために殺される、ギャング映画の端役にでもなった気分だった。

それからというもの、心のうちをビッグ・フットに知られているということを僕はいつも意識していた。洗いざらいしゃべられてしまうのではないかと、ビッグ・フットが怖れているのを感じていた。

けれど、ビッグ・フットの秘密を話したくてうずうずしてはいたものの、僕は誰にもしゃべらなかった。ビッグ・フットを安心させてあげたかったけれど、その手段がなかった。

ストリートにいる彼のことが、気になってしかたがなかった。「僕、ビッグ・フットなんか怖くないよ。どうしてそんなに怖がるのかわかんないや」とハットに言いたくなるのを抑えるのがやっとだった。

＊

エロルとボイーと僕は、表に座りこんで戦争についてしゃべっていた。

「アンソニー・イーデン卿（イギリスの政治家。第二次世界大戦中は外相を務めた）が首相になりさえすれば、ドイツの連中をけちょんけちょんにしてやるのによ」とエロルは言った。

「どこのイーデン卿がそんなことすんだよ？」とボイーは言った。

エロルはいかにもわけ知り顔で鼻を鳴らしただけだった。

「そうだよ。アンソニー・イーデン卿が首相になれば、きっと戦争なんてあっという間に終わっちゃうよ」と僕は言った。

「おまえら、ドイツ人をちっとも知らねえんだ。ドイツ人はえらく強いんだ。ドイツ人の連中ときたら、歯で釘をかみ切るぐらいお手のもんらしいぜ」とボイーは言った。

「けどいまじゃ、アメリカ人がおれたちの側についてんだぞ」とエロルは言った。

「でもアメリカ人はドイツ人みたいにでかくねえだろ。ドイツの連中は、どいつもこいつもビッグ・フットみたいにでかくて強いんだ。おまけにビッグ・フットよりも勇敢なんだぜ」とボイーは言った。

「シッ！　おい、やつがこっちへ来るぜ」とエロルは言った。

ビッグ・フットはすぐ近くにいた。僕たちの話が耳に入ったらしかった。彼は僕をまじまじと見つめていた。何か知りたげな目つきをしていた。

「どうしておれにしゃべらせてくれねえんだよ。何も悪いこたぁ言ってねえよ。ドイツ人はビッグ・フットと同じくらい勇敢だって言っただけだぜ」とボイーは言った。

ほんの一瞬、ビッグ・フットは懇願するような表情を浮かべた。僕は目をそらした。

ビッグ・フットが行ってしまうと、エロルが僕に言った。「ビッグ・フットのやつ、おまえになんか言いたそうだったぜ」

＊

ある日の午後、朝刊を読んでいたハットが大声で僕たちを呼んだ。「いまおれが読んでたこの記事を見てくれよ」

「今度はどうしたんだい？」と僕たちは訊ねた。

「ビッグ・フットのことだぜ」とハットは言った。

「どうしたんだい、またムショにぶちこまれたのか？」とボイーは言った。

「ビッグ・フットがボクシングを始めるんだと」とハットは言った。

僕には何もかもわかってしまった。

「あいつ、痛い目にあうぜ。体を動かしまわるだけがボクシングだなんて思ってるんなら、それがどれだけまちがいか思い知るだろうな」とハットは言った。

新聞はたいそう騒ぎ立てた。もっとも好評を博した見出しは、「お調子者、拳闘家に転身」というものだった。

次にビッグ・フットを見かけたとき、これなら目を合わせても大丈夫だと思った。僕はもう彼のことを怖がってはいなかった。彼の身に起こることが怖かった。けれど、それは取り越し苦労というものだった。ビッグ・フットは、スポーツ記者たちが口をそろえて言うところの「驚異的な成功」を収めたのだ。彼は、ひとりまたひとりとノックアウトしていった。ミゲル・ストリートは彼のことをますます怖れ、そしてますます誇りにした。

「アホの小物としか闘ってねえんだ。それだけのことだぜ。本物の一流のボクサーとはまだ当たってねえんだな」とハットは言った。

ビッグ・フットは僕のことなんてすっかり忘れてしまったようだった。会うたびに彼の視線が僕の目を探ることはなくなったし、立ち止まって僕に話しかけることもなくなった。

彼はストリートの恐怖の的だった。僕もほかのみんなと同じように、彼のことを怖がっていた。以前と同じになったわけだけれど、そのほうがよかった。

ビッグ・フットはさらに自分をひけらかしはじめた。

いかにも間の抜けた栗色の短パンをはき、ミゲル・ストリートを右へ左へ走る彼の姿をよく目にしたものだ。彼は誰にも目をくれようとはしなかった。

ハットはびくついていた。

「ムショに行くようなやつを野放しにしておいちゃいけねえぜ」とハットは言った。

＊

ある日、トリニダードにひとりのイギリス人がやって来た。新聞はこぞってインタビューした。自分はボクサーで英国空軍のチャンピオンだ、とその男は言った。翌日、彼の写真が掲載された。

二日後、別の写真が載った。今回は、その男は黒い短パンを身につけているだけだった。ボクシング・グローブをはめ、カメラマンに向かってファイティング・ポーズを取っていた。

「この男に立ち向かうのは誰だ?」と新聞の見出しが問いかけた。

「その男に立ち向かうのはビッグ・フットだ」とトリニダードの人々は答えた。ビッグ・フットが受けて立ったときの興奮はたいへんなものだった。ニュースにミゲル・ストリートが登場し、ハットでさえも喜んだ。

「自分でもアホなこと言ってるのはわかってんだけどよ、ビッグ・フットがあいつを打ち負かしてくれるといいよな」とハットは言った。そして近所を回って、金に余裕のある人となら誰彼かまわず賭けをした。

試合の当夜、僕たちは全員そろってスタジアムに行った。ハットは気でも狂ったようにあちこち走り回り、二十ドル札を振りかざしながら、「オッズは二十対五、ビッグ・フットが勝つ」と叫んでいた。

僕はボイーと賭けをした。ビッグ・フットが負けるほうに六セント賭けた。

そして実際のところ、ビッグ・フットが現われて、観客には目もくれず、ふてぶてしくリング上を跳ね踊るのを見て、僕たちはうれしかったのだ。

「あれこそ男ってもんだぜ」とハットは叫んだ。

僕は試合をまともに見ていられなかった。観客のなかにただひとり混じっていた女をずっと見ていた。女はアメリカ人かカナダ人で、ピーナッツをかじっていた。すごい金髪で、藁みたいだった。パンチが当たるたびに観客はどよめいたけれど、その女はまるで自分自身がパンチを繰り出しているかのように、唇をきゅっとすぼめた。それからものすごい勢いでピーナッツをかじった。大声をあげたり、立ち上がったり、腕を振り回すことはなかった。僕はその女を憎んだ。

どよめきはますます大きくなり、その回数も増えていった。

「どうした、ビッグ・フット。のしちまえ。のしちまえってんだよ」とハットが大声をあげるのが聞こえた。それから慌てふためいた声で、「親父を思い出せよ」と叫んだ。けれど、ハットの叫び声は次第に小さくなっていった。

ビッグ・フットは判定で負けた。

ハットは五分もしないうちに百ドル近くも支払った。

「ジョージから買った、茶と白ぶちの牛を売り払わなきゃなんねえな」とハットは言った。

「神様のおぼしめしってもんだな」とエドワードは言った。

「六セントは明日払うよ」とボイーが僕に言った。

「六セントは明日だって？　僕を誰だと思ってるのさ？　百万長者だとでも思ってる

のかい？　さあ、いますぐこの場で払ってよ」

ボイーは金を払った。

でもそのあいだ、観客は大笑いしていた。

僕はリングの上を見た。

ビッグ・フットは泣いていた。まるで子どもみたいだった。そしてビッグ・フットが泣けば泣くほど、その泣き声が大きくなればなるほど、聞いているのがつらかった。ビッグ・フットのために僕が守ってきた秘密が、いまやみんなに明かされたわけだった。

「なんだ、あいつ泣いてんのか？」とハットは言った。そして笑った。牛のことなんてすっかり忘れてしまったようだった。「おいおい、あいつを見てみろよ」とハットは言った。

ミゲル・ストリートのみんながビッグ・フットのことを笑い物にした。

みんなといっても僕だけはちがった。大人と子どものちがいはあったけれど、ビッグ・フットの気持ちがわかったからだ。ボイーと六セントを賭けなければよかったと思った。

翌朝の新聞には、「拳闘家、リングで泣く」という見出しが躍った。あのひょうきん者のビッグ・フットがまた滑稽なことをやらかした、とトリニダードの人々は思った。

けれど、そうではないことを僕たちは知っていた。ビッグ・フットはミゲル・ストリートを去った。最後に聞いたところでは、ラベンテイルの採石場で働いているとのことだった。

＊

半年ほどしたころ、ちょっとしたスキャンダルがトリニダードじゅうに広まり、誰もが馬鹿らしく感じた。

なんと、あの英国空軍のチャンピオンは英国空軍にいたことなどなく、ボクサーとしてはまったく無名だったというのだ。

「まあな、こんな場所じゃあ何が起こっても不思議じゃねえぜ」とハットは言った。

8
花火技術者《パイロテクニシスト》

土地勘のない人は、ミゲル・ストリートを見ても、「スラムだ！」と思うだけかもしれない。その人にはそれ以上のことは見えないのだから。でもそこに住んでいる僕たちにとっては、ストリートはひとつの世界であり、一人ひとりがほかの誰ともまったくちがっていた。マン・マンはイカレていて、ジョージは愚かだった。ビッグ・フットは暴れん坊、ハットは山師、ポポは哲学者だった。そして、モーガンは僕たちのおどけ者だった。

というか、僕たちがモーガンのことをそう見ていたのだった。でも何年も経ったいま振り返ってみると、彼はもっと尊敬されてもよかったたと思う。もちろん、そうならなかったのはモーガン自身のせいだった。わざとおどけてみせ、人々に笑い物にされるまで満足しない。彼はそういうタイプの人だった。それに、僕たちを笑わせようと、新奇で突拍子もないことは何かないかといつでも探していた。口にマッチをくわえてタバコで火をつけようとして笑いをとろうものなら、何度も同じことをくり返してみせる。彼はそういう人だった。

「えらく気にさわるんだ、いつもおどけようとしてるのがよ。あいつはそれほど幸せじゃないって、おれたちみんな知ってるからな」とハットは言ったものだ。

ときどきモーガンは、自分の冗談が受けないことに気づくようだった。そしてそのことでひどく落ちこむので、僕たちはみんな、冷たくて意地悪いのは自分たちのほうではないかと思ってしまうのだった。

モーガンは、僕が生まれてはじめて出会った芸術家だった。彼はほとんどいつでも、おどけているときでさえも、美というものについて考えていた。モーガンは花火を作っていた。花火を愛しており、宇宙的な舞いだとか生命の舞踏だなどと、花火論にはこと欠かなかった。けれどミゲル・ストリートでは、そんな話は僕たちの頭を素通りするだけだった。そしてモーガンはそれに気づくと、さらにおおげさな言葉を使いはじめる——それで笑いをとろうとして。この章のタイトルも、僕がモーガンから学んだおおげさな言葉のひとつだ。

けれど、モーガンの花火を使う人はトリニダードにはほとんどいなかった。競馬、カーニバル、トリニダード発見記念日、インド人上陸百周年など、島の主要な祭りが次々に行なわれ、人々が海辺で、ラム酒や音楽や美女に浮かれ狂っているときに、モーガンはひたすら怒り狂っていた。

モーガンはサバンナ公園に行ってはライバルたちの花火を眺め、空にきらびやかに飛び散る花火に人々が歓声をあげるのを聞いた。彼はものすごい剣幕で戻ってくると、子どもたち全員を殴った。彼には十人の子どもがいた。奥さんは大柄すぎて殴れなかった。

「消防隊を呼んできたほうがいいぜ」とハットは言ったものだ。

それから二、三時間のあいだ、モーガンはどことなく間の抜けた様子で裏庭をうろつきまわった。あまりにも狂ったように花火を飛ばすので、「モーガン、馬鹿なことをするのはやめておくれよ。あんたには十人の子どもと妻がいるのよ、いま死なれたらたまんないわよ」と奥さんが叫ぶのがよく聞こえてきたものだ。

モーガンは雄牛のようなうなり声をあげて、トタン板の塀をたたくのだった。

「どいつもこいつもおれのことをコケにしてえんだ。どいつもこいつもよ」とモーガンは大声をあげた。

「いま聞こえてんのが本物のモーガンってもんだぜ」とハットは言った。

この狂ったような癇癪《かんしゃく》が起こると、モーガンはまったく手に負えなかった。そんなときの彼は、僕のおじさんで機械いじりの天才のバクーが自分をコケにしようとしていると思いこんでしまうのだ。どうやら、夜の十一時ごろになるとその考えが頭のなかで爆発するようだった。

彼は塀を激しくたたきながら叫んだ。「バクー、この太鼓っ腹のろくでなし、出てきて男らしく闘えってんだ」

バクーはベッドに腹ばいになって、気の滅入るような声で『ラーマーヤナ』を朗誦しつづけた。

バクーは大男で、モーガンはとても小柄だった。ミゲル・ストリートでは手がいちばん小さく、腕もいちばん細かった。

「モーガン、黙って寝たらどうなのよ?」とバクー夫人は言った。

すると、「ちょっと、この細足おんな。うちの亭主につべこべ言うんじゃないよ。自分の亭主の面倒でも見てたらどうなのさ」とモーガン夫人が言い返すのだった。

すると、「言葉に気をつけなさい。さもないと、そっちへ行って首が曲がるくらいひっぱたくわよ、聞こえたわね」とバクー夫人は言うのだった。

バクー夫人は身長四フィートで、胴回りは幅も厚みも三フィートはあった。モーガン夫人は身長六フィートちょっとで、重量挙げ選手みたいな体つきをしていた。

「あんたの太鼓っ腹の亭主に車の修理でもさせて、いつも歌ってるそのアホな歌を止めさせたらどうなのさ」とモーガン夫人は言った。

このころまでには、モーガンは表に出て僕たちに合流しており、「あの女どもの言ってることを聞いてみろよ」と言いながら、奇妙な笑い方をするのだった。ポケットの小瓶からラム酒を飲むと言った。「まあ見てろよ。こんなカリプソ、知ってるか。

　連中にひどくされればされるほど
　トリニダードでの暮らしは良くなると

おれも同じだぜ。来年のいまごろは、イギリス国王とアメリカ国王が花火を作ってくれって何百万も払ってくるぜ。誰も見たことのねえようなきれいな花火を作ってくれってな」

すると、「連中のために花火を作るってのか?」とハットか誰かが訊くのだ。

モーガンは言うのだった。「何を作るって? 何も作りゃしねえよ。来年のいまごろまでにはよ、イギリス国王とアメリカ国王が花火を作ってくれって何百万も払ってくるぜ。誰も見たことのねえようなきれいな花火を作ってくれってな」

一方、裏庭では、「たしかに彼は太鼓っ腹よ。でもあなたの亭主には何があるのよ。来年のいまごろはどこにいることかしら」とバクー夫人が言っていた。

翌朝になると、モーガンはいつもどおりしらふでしゃきっとしており、自分の実験について話していた。

こういうときのモーガンは、人間というより鳥みたいだった。彼がマッチ棒みたいにやせていたからというだけではない。彼の首は長く、鳥のようにしきりに動いた。目はらんらんと輝き、落ち着きがなかった。それに、くちばしでつつくようなしゃべり方をした。まるで言葉を発しているのではなく、トウモロコシの実をついばんでいるかのようだった。弾むように早足で歩きながら、誰もあとなどつけていないのに、何度も振り返るのだった。

「どうしてあいつがああなったか知ってるか? 女房のせいだぜ。あいつは女房のことを怖がりすぎてる。なんせ、スペイン系の女だからな。炎と血があふれてんだ」とハットは言った。

「それであんなに花火を作りたがってるってのか？」とボイーが言った。

「人間ってのはとにかく変わってるからな。わかんないもんだぜ」とハットは言った。けれどモーガンは、人に見られているとわかると、わざと大げさに手足を振り動かし、自分の容姿さえも冗談にしてしまうのだった。

モーガンは自分の奥さんと十人の子どもまで冗談にした。「まったく奇跡だぜ」と彼は言った。「おれみたいな男に子どもが十人もいるなんてよ。どうやってこんなに作れたのか、見当もつかないぜ」

「本当におまえの子か？」とエドワードが言った。

「おれも疑ってんだよ」とモーガンは笑って言った。

＊

ハットはモーガンのことが気にくわなかった。「うまく言えねえんだけどな。でも、どうしても受け入れられねえところがあいつにはあるんだ。あいつは何につけてもやりすぎだ。あらゆることに嘘をついてんじゃねえかって思えてしかたねえんだよ。あいつは自分にも嘘をついてるみたいだぜ」と彼は言った。

ハットの言わんとすることは、僕たちの誰にもわかっていなかったと思う。モーガンは少し手に負えなくなりつつあった。僕たちにとってモーガンを見るなり笑いだすのは難しかったけれど、それこそ彼が望んでいることだった。

それでも彼の花火の実験は続いた。ときどきモーガンの家から爆発音が聞こえ、色のついた煙がもくもく上がるのが見えた。これはストリートの目ぼしい娯楽のひとつだった。

けれど時が経つにつれ、誰も自分の花火を買ってくれないことにモーガンは気づいた。するとモーガンは、自分の花火さえも冗談にしはじめた。家で花火が爆発して、ストリートのみんなに笑われるだけでは物足りなくなったのだ。

「これまでずっと挑戦してきたことを男が冗談にしだすとよ、こっちも笑っていいのか泣いていいのかわかんねえぜ」とハットは言った。そして、モーガンはただの馬鹿だと決めつけた。

僕たちがモーガンのことを笑わなくなったのはハットの影響だったと思う。

「これであいつも馬鹿はやめるだろうぜ」とハットは言った。

けれど、そうはならなかった。

モーガンはこれまで以上に乱暴になり、週に二、三回はバクーにけんかを売るようになった。これまで以上に子どもたちを殴りはじめた。

そして彼は、僕たちを笑わせるために最後の手段に打って出た。

僕はモーガンの四番目の息子クリスからそのことを聞いた。僕たちはミゲル・ストリートの角のカフェにいた。

「あんたたちに話しかけるのは、いまじゃ罪なんだ」とクリスは言った。

「よしてよ。親父さん、またなのかい?」と僕は言った。

クリスはうなずいて一枚の紙を僕に見せた。「罪と罰」という見出しがついていた。

「見てよ」とクリスは得意げに言った。

そこには箇条書きの長いリストがあった。

けんか　(1)自宅で　　ムチ五発

　　　　(2)道で　　　ムチ七発

⑶学校で　　ムチ八発

「まったくおかしいだろう。こうやってぶん殴るのも冗談にしちゃうんだから」と、クリスは僕を見ながらとても心配そうに言った。

そうだね、と僕は言って、「でも話しかけるのが罪だって言ったよね。それはどこに書いてあるのさ？」と訊いた。

クリスは指差した。

ストリートの不良に話しかけると　　ムチ四発
ストリートの不良と遊ぶと　　ムチ八発

「でも親父さんは僕たちにふつうに話しかけてるじゃないか。クリスが僕たちに話しかけて、何が悪いのさ？」と僕は言った。

「でもさ、こんなのはどうってことないんだ。日曜日にうちに来てくれたらわかるよ」とクリスは言った。

クリスがとにかくうれしがっているのがわかった。

その週の日曜日、僕たちのうちの六人ほどが行ってみた。モーガンは僕たちを出迎えると応接間に通した。それから姿を消した。まるでこれからコンサートでもあるみたいに、椅子やベンチがたくさん並べられていた。モーガンの長男が、隅の小さなテーブルのところに立っていた。

「起立！」とこの少年が突然言った。

僕たちはみんな立ち上がった。周囲に愛想笑いをふりまきながらモーガンが現われた。

「どうしてあんなにニコニコしてるの？」と僕はハットに訊いた。

「判事ってのは、法廷に入ってくるときにあんなふうに笑うんだ」とハットは言った。

「アンドリュー・モーガン！」とモーガンの長男が大声をあげた。

アンドリュー・モーガンが入ってきて父親の前に立った。

長男がとても大きな声で読みあげた。「アンドリュー・モーガン、あなたはドロシーさんの家の庭のタマリンドの木に石を投げた罪に問われています。あなたはビー玉を購入するためにボタンを三つはぎとった罪に問われています。あなたはドロシー・モーガンとけんかした罪に問われています。あなたはトラム（トリニダードの菓子）を二つ、および砂糖菓子を三つ盗んだ罪に問われています。あなたは罪を認めますか、認めませんか?」

「罪を認めます」とアンドリューは言った。

モーガンは紙に何かを書きつけると顔を上げた。

「何か言いたいことはあるかね?」

「すみませんでした、判事」とアンドリューが言った。

「刑はまとめて執行します。ムチ十二発」とモーガンは言った。

モーガンの子どもたちはひとりひとり裁かれ、判決を言いわたされた。長男さえも罰を受けなければならなかった。

そしてモーガンは立ち上がると、「刑は今日の午後執行されます」と言った。

彼は周囲に笑顔をふりまきながら部屋から出ていった。

*

この冗談は完全な不発に終わった。

「いけねえ、いけねえよ。自分と子どもをあんなふうに笑い物にするなんて、やっちゃいけねえ。おまけに、みんなを呼んできて見せしめにするなんてよ。いけねえ、まちがってるぜ」とハットは言った。

モーガンの冗談はどこか残酷でおそろしいと僕は思った。その日の夕方、満面の笑みを浮かべて表に出てきたモーガンは、期待していた笑いをとることができなかった。彼に駆け寄って背中をたたき、「それにしてもこのモーガンって野郎は本当にイカレてるぜ。やつが最近どんなふうに子どもたちを殴ってるか知ってるか？」と言ってくれるような人はひとりもいなかった。誰ひとりとしてそんな言葉をかけなかった。誰も何も言わなかった。

彼が打ちのめされたのが手に取るようにわかった。

その夜モーガンはひどく酔っ払い、みんなにけんかをふっかけた。僕にまでつっかかってきた。

モーガン夫人は正面の門に錠をかけ、モーガンが庭のなかしか走り回れないようにした。彼は興奮した雄牛さながらに怒り狂い、うなり声をあげてガツンと塀に頭をぶつけた。「おれが男じゃねえと思ってんだろ、え？　おれの親父は子どもを八人作ったんだ。おれはその親父の息子で、子どもは十人だ。おまえらみんなまとめたって、おれにはかなわねえんだ」と彼はくりかえし言いつづけた。

「すぐに泣きだして、それから寝ちまうよ」とハットは言った。

けれどその夜寝る前に、僕は長いあいだモーガンのことを考えた。自分のなかに小さな悪魔を抱えこんだ彼に同情した。彼がおかしいのはそのせいだと僕は思っていたのだ。モーガンのなかにいるニヤけた赤い悪魔が、みつまたの矛で彼をこづいているところを僕は思い浮かべた。

*

モーガン夫人と子どもたちは田舎に行った。

モーガンが表に出てきて、僕たちの仲間に入ろうとすることはもはやなかった。自分の実験で忙しかったのだ。ちょっとした爆発が何回かあり、煙がもうもうと出た。

そのことを除けば、僕たちが住んでいる側のミゲル・ストリートは平和そのものだった。

あれほどの孤独のなかでモーガンは何をして何を考えているのだろう、と僕は思った。

次の日曜日は雨が激しく降ったので、みんな早く寝床につくしかなかった。ストリートは濡れてきらきら輝き、十一時になるころには、トタン屋根を打つ雨音しか聞こえなくなっていた。

短く鋭い叫び声がストリートに響きわたり、僕たちは目を覚ました。あちこちで窓が開けられ、「何だ？　何があったんだ？」と人々が言いあっているのが聞こえた。

「モーガンだ、モーガンだ。モーガンのところで何かがあったんだ」

そのときには僕はもう外に出ていて、モーガンの家の前にいた。僕はパジャマを着て眠ったことがなかった。そんな結構な暮らしぶりではなかったのだ。

真っ暗なモーガンの庭で僕が最初に目にしたのは、家を飛び出して裏門へ駆けていく女の姿だった。その裏門は、ミゲル・ストリートとアルフォンソ・ストリートのあいだのどぶへと通じていた。

いまでは雨は霧雨になっていて、それほど激しくなかった。ほどなくして、かなりの数の人々が僕のまわりに集まった。

叫び声、消えた女性、明かりの消えた家と、すべてが少しずつ謎めいていた。

すると、「テレサ・ブレーク、テレサ・ブレーク、うちの亭主と何してたのよ」とモーガン夫人が叫ぶのが聞こえた。痛々しい叫び声だった。

バクー夫人が僕の横にいた。「あのテレサのことは、あたしずっと知ってたけど黙ってたのよね」

「そうだな、おまえは何でも知ってるよな。おまえのお袋そっくりだぜ」とバクーが言った。

家に明かりがついた。

その明かりがまた消えた。

「どうしてそんなに明かりを怖がるのさ？　男なんだろ？　明かりをつけな。あんたがどんだけ立派な男か見てやろうじゃないか」とモーガン夫人が言っているのが聞こえた。

明かりがつき、また消えた。

モーガンの声が聞こえたけれど、低すぎて何を言っているのかわからなかった。

「そうさ、英雄なんだろ」とモーガン夫人が言った。そしてまた明かりがついた。

モーガンがぶつぶつ言うのが聞こえた。

「いいや、英雄なんかじゃないね」とモーガン夫人が言った。

明かりが消え、またついた。

モーガン夫人は言った。「明かりはつけておきな。ほら、こっちへ来なよ、ストリートのみんなに英雄さまを見せてやろうじゃないか。おいでったら。本当の男がどんなもんだか見せてやろうじゃないか。男らしくないってわけじゃないんだからさ。あんたこそ本当の男ってもんだよ。あたしと十人の子どもを作っただけじゃ足りなくて、ほかの誰かさんともっと作ろうってんだからね」

モーガンの声が聞こえた。甲高くてみじめな声だった。

「だけどいまさら何が怖いっていうのさ？　あんた、笑い物じゃなかったのかい？　おどけ者なんだろ？　おいでったら。おまえさんがどれだけおどけ者で、どれだけご立派なのか見せておやりよ。本当の男がどんなんだか見せておやりよ」とモーガン夫人は言った。

そのときまでには、モーガンは泣きわめきながら何かを言おうとしていた。

「明かりを消したら、あんたをマッチみたいにへし折るよ、わかったかい」とモーガン夫人は言っていた。

やがて玄関が勢いよく開き、僕たちは見た。

モーガン夫人は、腰のところをつかんでモーガンを持ち上げていた。モーガンは裸同然だった。本当にやせ細っていて、まるで、老人の顔をした子どものようだった。彼は僕たちではなく、妻の顔を見つめていた。逃げようと身をよじらせていた。けれど、モーガン夫人の腕っぷしは強かった。

モーガン夫人は僕たちではなく、腕のなかの男を見ていた。

モーガン夫人は言った。「それにしても、こんなのがあたしのいい男なのかい？　こんな男と結婚して、こんな男のために身を粉にして尽くしてきたっていうのかい？」そして、しわがれた声で意地悪く笑いはじめた。

モーガン夫人はちらりと僕たちのほうを見て、「さあ、笑いなよ。この人なら気にしやしないわよ。いつだってみんなに笑われたかったんだからさ」と言った。

実際のところ、やせた男が太った女にやすやすと持ち上げられているその光景は滑稽で、僕たちは笑ったのだった。最初は控え目だけれど、だんだん大きくなっていく、そんな種類の笑いだった。

ミゲル・ストリートにやって来て以来はじめて、モーガンは本当にみんなに笑われていた。

＊

そして、そのことで彼はどうしようもなく打ちのめされた。

次の日、笑って祝福してやろうと、僕たちはモーガンが表に出てくるのを一日じゅう待った。けれど彼は現われなかった。

「ガキのころによ、お袋がよく言ってたぜ。『おまえは一日じゅう笑ってんだね。きっと今夜は泣くことになるよ』ってな」とハットは言った。

＊

その夜、僕はまた起こされることになった。今度は叫び声とサイレンのせいだった。窓から外を覗いてみると、赤い空と赤い煙が見えた。

モーガンの家が燃えていた。

それにしても何という火事だったことか！　新聞社のカメラマンたちは、よその家の高いところに上がって写真を撮った。みんなは火事ではなくてカメラマンを見ていた。

翌朝、とびっきりの写真ができていた。右上隅の人ごみのなかに僕も写っていた。

それにしても何という火事だったことか！　これほど美しい火事はポート・オブ・スペインでは一九三三年以来だった。そのときは(よりによって)大蔵省が焼け、カリプソ歌手がこう歌ったのだ。

見事で美しい光景だったよな
大蔵省が焼けたよな

火事があれほど美しかったのは、モーガンの花火に引火したからだった。そのときはじめて、モーガンの花火の華やかさに誰もが目を見張ったのだった。モーガンのことを馬鹿にしていた連中は、少し後悔することになった。あれから僕は多くの国を旅したけれど、あの夜のモーガンの家の花火ショーにまさるものは見たことがない。

けれど、モーガンは花火を作らなくなった。

「ガキのころによ、お袋がよく言ってたぜ。『男が何かを欲しくなる。どうにもこうにもたまらなくなって、それを手に入れる。でも、いったん手に入れてしまうと気に入らなくなるもんなんだよ』ってな」とハットは言った。

モーガンの願いは二つともかなえられたわけだった。人々は彼のことを笑い、いまでも笑い物にしている。そして、世界でもっとも美しい花火を作ったのだ。でもハットが言ったように、男というのは、欲しくてたまらないものを手に入れてしまうと、それが気に入らなくなるものなのだ。

＊

思っていたとおり、ことは裁判ざたになった。モーガンは放火の罪に問われた。新聞の連中は名誉毀損罪にならない程度にモーガンをからかって楽しんだ。いまでも覚えている見出しは、「花火職人《パイロテクニスト》、放火魔《パイロマニアック》の疑い」というものだ。けれど、モーガンが無罪放免になって僕はうれしかった。

モーガンはベネズエラへ行ったと人々は噂した。モーガンはおかしくなったという人もいた。コロンビアで競馬騎手になったという説もあった。ありとあらゆる噂が流れたけれど、ミゲル・ストリートの人々はいつでも夢想家だった。

9　タイタス・ホイット、教養学士

この人は、田舎であれば名士として活躍すべき運命にあった。けれど、不幸にも街に住むようになってしまった。彼は生まれながらの教師であり、哲学者であり、足を止めて耳を傾けてくれる誰とでも友だちになった。

タイタス・ホイットは、戦争の数年前、ポート・オブ・スペインに引っ越してきた僕が最初に出会った人だった。

父さんが死んだあと、母さんはチャグアナスにいた僕を引き取った。僕たちは列車とバスを乗り継いでミゲル・ストリートにやって来た。街のバスに乗るのはそのときがはじめてだった。

「母さん、ねえ、あの人たちベルを鳴らすのを忘れてるよ」と僕は母さんに言った。

「ベルを鳴らしたりしたら、おまえ、家までひとりで歩いて帰ることになるからね、いいかい」と母さんは言った。

それから少しして僕は言った。「母さん、ほら、海だよ」

バスの乗客たちは笑いだした。

母さんは本当に怒っていた。

次の日の朝早く、母さんが言った。「いいかい。四セントわたすからね。このミゲル・ストリートの角っこにある店に行って、ひとつ一セントのパンを二つと、一ペニーのバターを買ってきておくれ。すぐに戻ってくるんだよ」

僕は店を見つけ、パンとバターを買った——塩味の赤いバターだった。

それから帰り道がわからなくなった。

僕はミゲル・ストリートを六つくらい見つけた。でも、どのストリートにも僕のうちはないようだった。長いあいだ歩きまわったあげく、とうとう僕は泣きだした。道ばたに座りこみ、靴を排水溝で濡らした。

うしろの庭では、白人の小さな女の子が何人か遊んでいた。僕は泣きじゃくりながら、彼女たちを見た。ピンク色のワンピースを着た女の子が出てきて言った。「どうして泣いているの？」

「迷っちゃったんだ」と僕は言った。

彼女は両手を僕の肩に置いて言った。「泣かないで。どこに住んでるか言える？」

僕はシャツのポケットから紙切れを取り出して見せた。そのとき、男がひとり現われた。白いシャツと白い短パンを身につけていた。おかしな見かけの人だった。

「なんでこの子は泣いてるんだね？」と男が言った。ぶっきらぼうだけれど、こちらに興味津々といった口調だった。

女の子は男に説明した。

「私が家まで連れていってあげるよ」と男が言った。

僕は女の子にもいっしょに来てくれるように頼んだ。

「そうだな、この子のお母さんに説明してあげなきゃね」と男が言った。

「わかったわ、タイタス・ホイットさん」と女の子が言った。

それがまず、タイタス・ホイットに関して面白いと思ったことのひとつだった。女の子は彼のことを「タイタス・ホイットさん」と呼んでいた。タイタスでもなく、ホイットさんでもなく、タイタス・ホイットさん。あとから僕は、彼を知っている人はみんな、彼のことをそう呼んでいることに気がついた。

うちに着くと、女の子が僕の母さんに事情を説明してくれた。母さんは僕のせいで恥ずかしい思いをした。

そして女の子は帰った。

タイタス・ホイットさんは僕を見て言った。「この坊やは、たいそうかしこそうですな」

「父親似でね」と母さんは馬鹿にしたような口調で言った。

「さあ、きみ。にしん一匹半が一ペニー五十セントだったら、にしん三匹はいくらになるかね？」とタイタス・ホイットが言った。

チャグアナスのような田舎でも、この問題は聞いたことがあった。

「三ペニー」と即座に僕は答えた。

タイタス・ホイットは驚嘆のまなざしで僕を見つめた。

「この子はめちゃくちゃかしこいですぞ、奥さん。この子がしっかり勉強できるよう、しっかり面倒をみて、いい学校に行かせ、おいしいものを食べさせてあげなきゃいかんですぞ」と彼は母さんに言った。

母さんは何も言わなかった。

タイタス・ホイットは帰りぎわに言った。「失敬《チェリオ》！」

これが彼に関して面白いと思った二つ目のことだった。

母さんは靴を排水溝で濡らしたことで僕をたたいたけれど、道に迷ったからたたくんじゃないからねと言った。

そのあと一日じゅう、「失敬！　失敬！」と勝手な節をつけて叫びながら、僕は庭を走り回った。

その晩、タイタス・ホイットがふたたびやって来た。

母さんは別になんとも思っていないようだった。

「字が読めるかね？」と僕に向かって彼は言った。

うん、と僕は答えた。

「それじゃ、字は書けるかね？」

うん、と僕は答えた。

「よし、そうか」と彼は言った。「紙と鉛筆を持ってきて、私が言うことを書いてごらん」

「紙と鉛筆？」と僕は訊いた。

彼はうなずいた。

僕は台所に走っていって、「母さん、紙と鉛筆ある？」と言った。

「あたしを誰だと思ってんだい？　お店屋さんだとでも思ってんのかい？」と母さんは言った。

「私が必要としておるんです、奥さん」とタイタス・ホイットが大声で言った。

「そうなの」と母さんは言った。がっかりした口調で。

「机のいちばん下のひきだしにあたしのバッグがあるだろ。そのなかに鉛筆もあるから」と母さんは言った。

それから、台所の棚にあった習字帖を僕に渡した。

タイタス・ホイットさんが言った。「さあ、きみ、書くんだ。この家の住所を右上の隅に、それからその下に日付を書くんだ」それから訊いた。「いまわれわれが、この手紙を誰に書いているかわかるかい？」

僕は首を振った。

「は！　は！　きみ、われわれは『ガーディアン』宛に書いてるんだよ」と彼は言った。

「『トリニダード・ガーディアン』?　新聞に?　僕が『ガーディアン』宛に書くっていうの?　『ガーディアン』に手紙を書くのは大人だけだよ」と僕は言った。

タイタス・ホイットはほほえんだ。「だからこそ、きみが書くんじゃないか。みんな驚くぞ」

「それじゃ、何を書けばいいの?」と僕は言った。

彼は言った。「こう書くんだ。さあ書いて。『トリニダード・ガーディアン』編集部御中。拝啓。僕はまだわずか八歳の子ども(きみは何歳なんだ?　まあそんなことはどうでもいいんだけどね)でありますが、昨日、母の使いで街に買い物に参りました。これは、親愛なる編集部さま、この大都市における僕の最初の遍歴、へ、ん、れ、き、でありましたが、運悪く、母から指示された道程から逸脱し、さまようことになりました……」

「わあ、タイタス・ホイットさん、こんなむずかしい言葉をたくさん、一体どこで習ったの?　つづり、ほんとにまちがってない?」と僕は言った。

「この手紙をでっちあげるのに午後まるまるかけたからね」と言って、タイタス・ホイットはほほえんだ。

僕は書いた。「……ですが、この絶望的な状況のさなか、僕はミゲル・ストリートのタイタス・ホイットさんに救出されたのでした。このことだけからもおわかりのように、親愛なる編集部さま、人間の親切心は世界からいまだに消滅していない資質なのであります」

この手紙が『ガーディアン』に掲載されることはなかった。

次に会ったとき、タイタス・ホイットは言った。「まあ、気にしなくていい。いつの日かね、私は彼らが姿勢を正して、私の一言一句に注意を払うようにさせてやるよ。まあ見ていたまえ」

「ミルクは飲んでるかね？」と、帰る前に彼は訊いた。

毎日半パイントのミルクを僕に飲ませるよう、母さんを説得していた。ミルクは脳によかったのだ。

僕の人生における悲しみのひとつは、タイタス・ホイットが期待していたようには、学業で成功できなかったということだ。

彼が僕に注いでくれた関心を思い出すと、いまでも心が温まる。彼の考え方と母さんの考え方が衝突するときもあった。たとえば、蜘蛛の巣の一件がそうだった。

ボイーとはすぐに親しくなった。彼から自転車の乗り方を教わっていたときに、僕は転んですねをひどくすりむいてしまった。

母さんは、ラム酒に浸したすすけた蜘蛛の巣を貼って、傷を治そうとした。

タイタス・ホイットはおののいた。「何をしておるかわかっておるのですか」と彼は叫んだ。

「タイタス・ホイットさん、お願いだから、ほっといてくれないかい。あんたに子どもができたときに、あんたがなんて言うか聞くからさ」と母さんは言った。

タイタス・ホイットは馬鹿にされるのはごめんだった。「その子を医者に連れていきなさい」と彼は言った。

僕はふたりが議論するのを見ていた。どちらが勝とうがどうでもよかった。

結局、僕は医者に行った。

タイタス・ホイットは新しい役柄とともにふたたび現われた。

彼は母さんに言った。「この二、三ヶ月のあいだ、私は赤十字で応急処置の講習を受けてきたんです。この子の足の手当てをしてあげましょう」

僕は心底おびえた。

それからひと月ほどのあいだ、ミゲル・ストリートの人たちは朝の九時を知ることができた。僕が叫び声をあげたからだ。タイタス・ホイットは自分の仕事を愛していた。こうしたことから、この人がどんな人なのか推察できるというものだ。

当然のごとく、次の段階がはじまった。

タイタス・ホイットは教えはじめたのだ。

すべての大がかりな企てがそうであるように、それはささやかな形で始まった。

彼は人文学をロンドン大学の外部生として学ぶことにした。まずはラテン語を独学で学びはじめた。そして、自分が学んだことをすぐに僕たちに教えたのだった。

彼は僕たちのうちの三、四人を駆り集めて、自分の家のベランダで教えた。庭でにわとりを飼っていたので、ひどくにおった。

ラテン語の段階はあまり長くは続かなかった。第四語形変化までは進んだけれど、そのころからボイーとエロルと僕が質問をするようになったからだ。タイタス・ホイットが望むような質問ではなかった。

「タイタス・ホイットさん、あんた何もかもでっちあげてるよな。でっちあげながらやってんだ」とボイーが言った。

「言っておくがね、私はでっちあげてなどおらんよ。見てごらん、ここにはっきり書かれているじゃないか」とタイタス・ホイットは言った。

「おれは思うんだけどさ、タイタス・ホイットさん、どこかの誰かさんはよ、ある日こういうあれこれを全部でっちあげて、そいつをみんなに勉強させてんじゃねえのかな」とエロルが言った。

「bellum の単数対格は何だい?」とタイタス・ホイットは僕に訊いた。

「タイタス・ホイットさん、あなたが僕と同じ歳のとき、もしも誰かからこんな質問をされたら、どんな気分がしたと思う?」と僕はタイタス・ホイットに言った。彼を裏切っているという自覚もあって、意地悪な気分になっていた。

そして、ボイーが訊いた。「タイタス・ホイットさん、奪格ってどういう意味だよ?」

こうしてラテン語の授業はおしまいになった。

*

けれど、僕たちがどれだけ笑い物にしていたとしても、タイタス・ホイットが奥の深い男だということは否めなかった。

「あいつはよ、思想家だぜ」とハットは言っていた。

タイタス・ホイットはありとあらゆることについて考えていた。ときにはすごく危険なことを考えもした。

「タイタス・ホイットが神様のことを好きだとは思えねえな」とハットは言った。

タイタス・ホイットは言っていたものだ。「本当に大切なのは信念だよ。ポケットから取り出したこの自転車のランプを、どこかに取りつけるとしよう。そして本当に、本当にランプがつくと信じて祈るんだ。そうしたら、私が祈ったことが現実に起こるだろう。私はそう信じているんだ」

そう言うと、彼はおもむろに立ち上がり、どこかに消えていった。もちろん、「失敬！」と言うのは忘れずに。

僕たちに駆け寄ってきて、「諸君、静かに！　私はずっと考えていたんだ。私の考えを聞いてくれ」と言う癖が彼にはあった。

ある日、彼は駆け寄ってきて言った。「どうやったらこの戦争が終わるか考えていたところなんだ。もしもヨーロッパが五分間海に沈めば、ドイツ人はみんな沈むんじゃ……」

「でもよ、そんならイギリスもいっしょに沈んじゃうぜ」とエドスが言った。

そのとおりだ、とタイタス・ホイットは言った。悲しそうに見えた。「私はどうかしておったんだ」と彼は言った。「どうかしておったんだ」

そして彼は頭を振って、ひとりごとを言いながら、ふらふらと去っていった。

ある日、彼は自転車で僕たちのところに乗りつけた。僕たちはちょうど、バルバドス対トリニダードのクリケットの試合について話していたところだった。トリニダードはどうも負けそうな気配で、僕たちは心配していた。

タイタス・ホイットは駆け寄ってきて言った。「静かに。私はずっと考えていたんだ。きみたち、この世界はまったく現実のものじゃないと考えたことはないかね？　世界に存在するのは私たちの精神だけで、ほかのすべてのものは思考の産物なんだってふと思ったことはないかね？　私が世界に存在するただひとつの精神で、ここにいるきみたちを考えだし、戦争を、家を、港にいる船を考えだしているのだと。そんなことを考えたことはないかね？」

＊

彼の教育に対する関心は死んでいなかった。

大きな本を抱えて歩いている姿をよく見かけた。教え方についての本だった。

「知の技術なんだ。トリニダードの問題は、教師が教えることの技術を知らないってことなんだよ」とタイタス・ホイットは言ったものだ。

そして、「世界でいちばん大きな問題なんだよ、若者の頭脳を鍛えるってことは。そのことを考えなさい。考えるんだ」

そのことについての僕たちの考えがどんなものであれ、タイタス・ホイットが鍛えたがっているのは僕たちの頭だということは、すぐに明らかになった。

彼はミゲル・ストリート文学社交青年クラブを創設して、トリニダード・トバゴ青年協会に加盟させた。

僕たちはよく彼の家に集まった。食べ物と飲み物がたくさん用意されていた。いまでは教訓的な引用文が家の壁にいくつも掛けられていた。タイプされたものもあれば、雑誌から切り抜かれて段ボールの切れ端に貼られたものもあった。

「時間割」と呼ばれていた大きな貼り紙が目についた。

それによると、タイタス・ホイットは五時半に起床し、ギリシア哲学なんとか集を六時まで読み、十五分で入浴と運動をすませ、さらに五分で朝刊を読み、十分で朝食を食べるらしかった。まったくもってすごいことだった。

「この時間割どおりにやれば、私はだいたい三年から四年で教養人になれるだろうね」と彼は言った。

ミゲル・ストリート・クラブは長続きしなかった。

タイタス・ホイットのせいだった。

まともな感覚の持ち主なら、誰もボイーを幹事なんかにしなかっただろう。ボイーの議事録には出席者の名前しか書かれていないことがほとんどだった。

それに、僕たちは何かを読んだり書いたりしなければならなかった。

ミゲル・ストリート文学社交クラブは、単なる映画批評家の溜まり場になりはてた。

「だめだ。きみたちみんなにいつも映画のことばかりしゃべらせておくわけにはいかん。きみたち少年のために、ここはひとつ宣伝活動《プロパガンダ》をやらんといかん」とタイタス・ホイットは言った。

「タイタス・ホイットさん、プロパガンダなんてどうすんだよ？　それってドイツのもんだろ」とボイーが言った。

タイタス・ホイットはほほえんだ。「それは、その言葉の本来の意味じゃないんだよ。私はね、本来の意味で使っているんだよ。教育のおかげだよ、私がこうしたことを知っているのはね」

ボイーは僕たちの代表として、青年協会の年次大会に派遣された。帰ってきたボイーは言った。「青年大会じゃ、どえらい目にあっちまったぜ。集まってたのは年寄りばっかでよ」

コカ・コーラとケーキとアイスクリームの魅力も次第に薄れてきた。ミーティングに来なくなる者も出はじめた。

タイタス・ホイットは、クラブを維持するために最後の手段に打って出た。ある日、彼は言った。「次の日曜日、クラブでジョージ砦に行くことにしよう」

反対の叫びがあがった。

タイタス・ホイットは言った。「そら見なさい、きみたちは自分の国のことなんてどうでもいいんじゃないか。だいたい、きみたちのうちの何人がジョージ砦のことを知っているのかね？　誰も知らないだろう？　しかしね、歴史なんだぞ。きみたちの歴史だ。こういうことはちゃんと学ばなきゃいかんのだ。いまは子どもでも、いずれみんな大人になるってことを忘れちゃだめだ。いにしえのローマ人たちのことわざにもある。『健全なる魂は健全なる肉体に宿る』。みんなでジョージ砦まで歩こうじゃないか」

それでも誰も行きたがらなかった。

「ジョージ砦の上には小川があってね、ものすごく冷たくて、水だって水晶みたいに透きとおってるんだ。上に着いたら水浴びができるぞ」とタイタス・ホイットは言った。

この誘惑には勝てなかった。

次の日曜日、僕たちはトロリー・バスに乗ってムキュラーポに行った。車掌が運賃を集めに来ると、「もう少しあとで来てくれないかな」とタイタス・ホイットは言った。そして、バスを降りるときになってようやく車掌にお金を払った。料金は全員分で二シリングだった。でも、「もうチケットはいらないからね！」と言って、タイタス・ホイットは車掌に一シリングしか渡さなかった。車掌とタイタス・ホイットは笑った。

丘の上までは遠かった。丘は赤茶けていて埃っぽかった。それに暑かった。

「この砦は、フランスの連中がトリニダードに侵攻しようと計画していたころに建設されたものなんだよ」とタイタス・ホイットは僕たちに教えてくれた。

僕たちは思わず息を呑んだ。

僕たちがそれほど重要視されていたことがあったなんて、知らなかったのだ。

「一八〇三年のことだ。われわれはナポレオンと戦っていたんだよ」とタイタス・ホイットが言った。

道の脇に、何丁かのさびついた銃とさびた砲弾の山があった。

「フランスはトリニダードに侵攻したの、タイタス・ホイットさん?」と僕は訊いた。

タイタス・ホイットは、がっかりしたように首を振った。「いいや、攻撃はしなかったんだ。しかし、われわれにはその備えができていたんだよ。備えはできていたんだ」

「タイタス・ホイットさん、この上にあんたが言ってたような小川がまじであんのかよ?」とボイーが言った。

「私を誰だと思っているんだ? 嘘つきだとでも言うのかね?」とタイタス・ホイットが言った。

「何も言ってねえよ」とボイーは言った。

歩いていると汗がふき出た。ボイーは靴を脱いだ。

「もしもその小川がなかったらよ、誰かさんがエラい目にあうぜ」とエロルが言った。

僕たちは丘の頂上に着くと、はるか昔に死んだイギリス兵たちの墓石が点在するだけの墓地をざっと見渡した。そして、眼下に大きく広がるポート・オブ・スペインの街を望遠鏡で眺めた。人々が通りを歩いているのを実物大で見ることができた。

それから小川を探しにいった。でも見つけることはできなかった。

「どこかこのあたりにあるはずなんだけどなあ。子どものころ、よく水浴びしたものだよ」とタイタス・ホイットが言った。

「で、いまはどうなってんだよ？　干上がっちまったのかよ？」とボイーが言った。

「そうみたいだね」とタイタス・ホイットが言った。

ボイーは怒り狂った。でも誰もボイーを責められない。丘を上るのは大変だったし、僕たちはみんな暑くてのどがからからだったからだ。

ボイーは露骨にタイタス・ホイットをののしった。

タイタス・ホイットは言った。「ボイー、きみはミゲル・ストリート文学社交クラブの幹事なんだってことを忘れちゃいかん。われわれの代表として、青年協会の大会に参加してきたところだってこともね。それを忘れちゃいかんよ」

「くそくらえだ、ホイット」とボイーは言った。
僕たちは啞然とした。
かくして文学クラブは崩壊した。

＊

それからほどなくして、タイタス・ホイットは教養課程の学位を取得して、学校を創設した。庭には大きな看板が掲げられた。

タイタス・ホイット、教養学士(ロンドン、外部生)
ケンブリッジ学業検定
合格請け負います

ある年、『ガーディアン』はすばらしいことを思いついた。恵まれない人たちをクリスマスに助けようと、「貧困者救済基金」を募りはじめたのだ。これは好評で、数年のうちに「赤貧者救済基金」と呼ばれるようになった。十一月のはじめになると、『ガーディアン』は目標額を発表し、募金がどのくらい集まったかが、クリスマス・イブまで人々の興味を毎日かき立てることになった。募金のニュースはつねに新聞の一面を飾り、寄付すれば誰でも名前が新聞に載った。

ある年の、興奮も絶頂に高まった十二月の中旬、ミゲル・ストリートがニュースになった。

ハットが見せてくれた新聞を僕たちは読んだ。

◆このちびっ子につづけ！

クリスマスの喜びを恵まれない人々にもたらそうという私たちの呼びかけに対する、この上もなくささやかでありながらもこの上もなく心打つ返事が、ポート・オブ・スペインのミゲル・ストリートの学校長、教養学士タイタス・ホイット氏の手紙によって届けられた。この手紙は、匿名を希望する彼の生徒のひとりからホイット氏に送られたものだ。ホイット氏の許可を得て、ここにその手紙の全文を掲載しよう。

《親愛なるホイットさん。僕はまだ八歳です。きっとご存じと思いますが、僕は

『ガーディアン』ちびっ子同盟の会員です。僕は毎週日曜日、「ファニータおばさん」を読んでいます。親愛なるホイットさん、あなたはいつも慈善の美徳を褒めたたえておられます。そして、「『ガーディアン』赤貧者救済基金」が、恵まれない人たちにクリスマスの喜びをもたらすために行なっているすばらしい仕事について、くりかえし話してくださいました。僕はあなたのこの熱心な懇願に従おうと決意しました。僕があげられるお金はほんのわずかです――たった六セントだけです。でも、ホイットさん、どうか受け取ってください。そして、「『ガーディアン』赤貧者救済基金」に送ってください。このお金が、恵まれない気の毒な人たちにクリスマスの喜びをもたらしますように！　たいした金額ではないことはわかっています。でも、あの未亡人のように、ほんのささやかな寄付をします。親愛なるホイットさん、僕はいつまでもあなたの生徒です》

そして、タイタス・ホイットの大きな写真が掲載されていた。にっこりとほほえみ、カメラのフラッシュを浴びて目を大きく見開いていた。

10　母性本能

ローラは世界記録を持っているのではないだろうか。

ローラには八人の子どもがいた。

それ自体は別に驚くべきことではない。

その八人の子どもには、七人の父親がいた。

どんなもんだい！

生物の授業を僕に最初にしてくれたのはローラだった。ローラはうちのすぐ隣に住んでおり、僕は彼女のことを注意深く観察していた。

ローラのおなかが何ヶ月もかけてふくらんでいく。

それから、彼女の姿を少しばかり見かけなくなる。

次に彼女を見ると、おなかが元通りになっている。

そして数ヶ月もすると、おなかがふくらむプロセスがまたはじまるのだった。

これは僕にとって世界の不思議のひとつであり、僕はつねにローラを観察していた。ローラ自身は、自分の身に起こっていることについて楽天的だった。「またできちゃったのよ。でも三、四回もすると慣れちゃうもんよ。まあ、面倒は面倒なんだけど」と言っていた。

彼女は神様を責め、男のずるさについて語った。

最初の六人の子どもを産むのに、彼女は六人のちがう男とつきあった。

「満足できない人間ってのもいるもんだな」とハットはよく言っていた。

でも、ローラがしじゅう子どもを作り、男をけなし、自分のことをみじめに思っていたとは考えてほしくない。ボガートがストリートでいちばん退屈している人だったとしたら、ローラはいちばん快活だった。いつでも陽気で、僕のことをかわいがってくれた。プラムやマンゴーがあると、おすそわけしてくれた。砂糖菓子を作ると、必ず僕にもいくつかくれた。

僕の母さんは笑いというものがとにかく嫌いで、特に僕の笑いは大嫌いだったけれど、その母さんでさえローラのことを笑った。

「どうしてローラはおまえとこんなにウマが合うのかね。子どもの面倒を何人みてもまだ足りないみたいだね」と母さんは僕によく言った。

母さんの言っていたことは正しかったと思う。ローラのような女の人には、子どもが多すぎるということはないのだろう。彼女は子どもたちをみんな愛していた。子どもたちに話しかけるときにローラが使う言葉からは、とても信じられないことだったけれど。彼女の叱責と悪態には、僕がこれまで耳にしてきたなかでも一級の表現があった。僕はけっしてそれらを忘れることはないだろう。

「まったく、言葉の使い方ではローラはシェークスピア並みだよな」とハットは漏らした。

「アルウィン、この大口の人でなし、こっちへおいで」とか、「ガヴィン、いますぐここに来ないとあんたの屁に火がつくよ、わかったかい」とか、「ローナ、この黒んぼガニマタのあばずれめ、どうして自分のしていることに気をつけられないんだい」などとローラは大声をあげたものだ。

＊

いまから思うと、同じ八人の子の母だからといって、ローラを中国人のメアリーと比べるのはかわいそうだろう。たしかに、メアリーは自分の子どもたちの面倒を本当によくみていたし、乱暴な言葉で叱りつけることもなかった。けれど、メアリーには夫がいて、店をやっていたことを忘れてはいけない。雑炊《チャプスイ》に焼きそば《チョウミン》、それに焼き飯《チョウファン》といった名前の食べ物で子どもたちのおなかを満たすことができたから、子どもたちに対して上品で優しくなれもしたのだ。けれどローラには、子どもたちを養うためのお金を当てにできるような人がいただろうか？

夕方になるとローラの家の前を自転車でゆっくり通りすぎ、口笛で誘ってくる男たちは、ローラの子どもたちのためにはビタ一文出そうとはしなかった。男たちが欲しかったのはローラだけだった。

「どうやってローラは生活しているの？」と僕は母さんに訊いた。

母さんは僕にビンタをくらわせ、「いいかい、まだ子どもなのにませたこと言うんじゃないよ」と言った。

僕は最悪の事態を想像した。

けれど、それが本当であってほしくはなかった。

それで僕はハットに訊いてみた。「ローラにはな、市場でものを売ってる友だちがたくさんいるのさ。そいつらがタダでいろんなものをくれるんだ。それに、亭主のなかにもな、一人だか二人だか三人だか、ものをくれるやつもいるんだ。あんまりたくさんじゃねえけどよ」とハットは言った。

けれど、いちばん奇妙なのはローラ自身だった。ローラは美人ではなかった。「上から見た自動車のバッテリーみたいな顔だよな」と、ある日ボイーが言った。それに、「ぽっちゃり」という域も少々超えていた。

これは、彼女に子どもが六人しかいなかった時期の話である。

＊

「ローラに新しい男ができたぞ」とある日ハットが言った。

「なんだ、珍しくもないぜ。もし好き勝手にできるなら、あいつは男という男と一回はやろうとするだろうな」と誰もが笑った。

けれど、「いや、まじだぜ。今度の男はこれからずっとローラと暮らすんだとよ。今朝、牛を外に出すときにそいつを見たんだ」とハットは言った。

僕たちは様子を探りつつこの男を待った。

男のほうも様子を探りつつ僕たちを待っていたと、あとになって僕たちは知った。ナタニエルというこの男は、すぐさまミゲル・ストリートの一員となった。けれど、ナタニエルが本当は僕たちの仲間ではないのは明らかだった。僕たちがここより汚いと思っていた、ポート・オブ・スペインの工業地区《イースト・エンド》の出身だった。それに、彼の言葉づかいは本当に荒かった。

工業地区のピカデリー・ストリートのあたりではちょっとは知られてたんだぜ、とナタニエルは言い張った。なわばり争いの話ばかりして、二、三人は病院送りにしてやったこともあると触れ回った。

「あいつ、大嘘こいてやがると思うぜ」とハットは言った。

僕自身もナタニエルは信用できなかった。彼は小柄だった。小柄な人間は意地悪で乱暴だと僕は思っていたのだ。

けれど僕たちを本当にうんざりさせたのは、女に対する彼の態度だった。僕たちの誰ひとりとして紳士的とは言いがたかったけれど、ナタニエルの見下しぶりは目に余るものだった。彼は女が通りすぎるたびにひどいことを言った。

「女ってのは雌牛みたいなもんだぜ。雌牛と女は同類よ」とナタニエルは言った。そして、民生委員のリコーさんが通ると、「あのでかい雌牛を見てみろや」と言うのだ。

これは悪趣味というものだった。リコーさんは笑い物にするには太りすぎていて、むしろ気の毒だと僕たちは思っていたからだ。

最初のうちナタニエルは、ローラを自分の言いなりにさせていると僕たちに信じこませようとし、ローラをしょっちゅうぶん殴っているとにおわせた。「女ってのは、しこたま殴られるのが好きなんだ。こんなカリプソがあるだろ。

ときどきは、とにかくぶん殴っちまえ
ときどきは、とにかくつきとばしちまえ
目のまわりを黒くしてやれ、膝にはアザを作ってやるがいいぜ
そうすりゃ、女はおまえにずっとぞっこんだ

これが女の絶対の真実ってもんだぜ」

「けどよ、本当に女ってのは変わってるぜ。ローラみたいな女がナタニエルのどこに惚れたんだか、おれにはわからねえよ」とハットは言った。

「女のことなら、おいらには手に取るようにわかるんだ。ナタニエルは大嘘ついてんだよ。ローラといっしょのときは、あいつ、きっと尻に敷かれてんだな」とエドスが言った。

けんかになって、子どもたちがそこらじゅうで泣き叫ぶのがしょっちゅう聞こえてきた。それでいて僕たちに会うと、「あの女に分別ってもんをたたきこんでやっただけさ」とナタニエルは言った。

「おかしいな。ローラのやつ、ちっとも悲しそうに見えないぜ」とハットは言った。

「ぶん殴られてさえいれば、あいつは幸せなんだ」とナタニエルは言った。

もちろん、ナタニエルは嘘をついていた。殴っているのはナタニエルではなく、ローラのほうだった。ナタニエルが腫れ上がった目を隠そうと、帽子をかぶって現われた日に、そのことがばれた。

「女じゃなくて男のことを歌うのに、あのカリプソは作られたみたいだよな」とエドスは言った。

ナタニエルは、小柄でやせたエドスに突っかかっていこうとした。けれどハットは言った。「同じことをローラにやってみろよ。ローラのことは知ってるぜ。あいつはよ、おまえを手元に置いとくために殴りすぎないようにしてるだけさ。でも、あいつがおまえに飽きはじめた日にゃ逃げだすさねえとな」

何かが起こってナタニエルがミゲル・ストリートからいなくなればいいのに、と僕たちは思った。

「まぁ、そう長くはないだろうぜ。ローラはいま妊娠八ヶ月だからな。あとひと月の辛抱だ。そしたらナタニエルはいなくなるさ」とハットは言った。

「こりゃ本当に記録だよ。七人のちがう男と七人の子どもを作るなんてなあ」とエドスは言った。

赤ん坊が生まれた。

それはある土曜日のことだった。その前日の夕方、ローラが塀に寄りかかって庭に立っているのを僕は見た。

赤ん坊は午前八時に生まれた。そしてまるで奇跡のように、ほんの二時間後にローラは隣から僕の母さんを呼んでいた。

僕は見つからないようにこっそり見た。

ローラは窓枠に寄りかかっていた。マンゴーを食べていて、顔じゅう黄色い汁だらけだった。

「赤ん坊が今朝生まれたの」とローラは母さんに言っていた。

「男の子、それとも女の子?」とだけ母さんは訊いた。

「あたしの運って一体どうなってんだと思う? あたしって本当に縁がないみたい。また女の子なのよ。お知らせしとこうと思ってさ。ただそれだけなのよ。さあ、こうしちゃいられないわ。やらなきゃいけない縫い物があるのよ」とローラは言った。

そしてその日の晩は、ハットが言ったことが本当になりそうな気配だった。その晩、ローラが表に出てきて、「おい、ナタニエル、こっちへ来な」とナタニエルに怒鳴りつけたからだ。

「それにしてもこりゃ一体どうしたこった? あいつ、今朝子どもを産んだばかりじゃねえのか?」とハットは言った。

ナタニエルは僕たちのまえで格好つけようとした。「忙しいんだ、行かねえよ」と彼はローラに言った。

ローラが近づいてきた。けんか腰なのがわかった。「来ないのかい？　来ないんだって？　その言い草は一体何だよ？」

ナタニエルは不安そうだった。僕たちに話しかけてきたけれど、しどろもどろだった。「あんた、自分が一人前の男だと思ってるらしいね。でも、あたしの前で男ぶるんじゃないよ。そうだよ、ナタニエル、あんたに言ってんだよ。かちんこちんの二斤のパンみたいなケツをズボンで隠してるあんたにね」とローラは言った。

これはローラの最高傑作のひとつだった。僕たちはみんなどっと笑った。僕たちが笑っているのを見て、ローラも吹き出した。

「この女はまじでたいしたもんだぜ」とハットは言った。

＊

けれど、子どもが生まれたあともナタニエルはミゲル・ストリートを去らなかった。

僕たちは少し心配になった。

「あいつ、気をつけてねえと、同じ男と二人目の子どもを作っちまうぞ」とハットは言った。

ナタニエルが去らなかったのはローラのせいではなかった。彼女はナタニエルをこづきまわしていた。しかも、いまではかなり堂々とやっていた。ローラが彼を締め出すこともあった。すると、ナタニエルが表で泣きながらご機嫌を取っているのが聞こえてくるのだった。「ローラ、愛しいローラったら、スウィートハート、とにかく今夜は入れておくれよ。ローラ、スウィートハート、入れておくれよ」

ナタニエルはもう、ローラが自分の言いなりになっているふりをするのをやめていた。僕たちといっしょにいようとすることもなくなり、僕たちはそれを喜んだ。

「もといたドライ・リバーにどうして戻らねえのか、わかんねえな。あそこにゃ文化なんてちっともありゃしねえんだから、もっと幸せになれるだろうによ」とハットは言っていた。

どうして彼がとどまっているのか、僕にもわからなかった。

「ああいう男もいるんだな。女に蹴りまわされるのが好きなのさ」とハットは言った。

ローラはますますナタニエルに腹を立てるようになっていった。

ある日、ローラがナタニエルに言っているのが聞こえた。「赤ん坊を産ませたから、この女はおれのもんだって思ってんだろ。言っとくけどね、ほんの手ちがいであの赤ん坊は生まれただけなんだ」

警察ざたにするとローラは脅した。

「でも、誰が子どもの面倒をみるんだよ?」とナタニエルは言った。

「それはあたしが心配することさ。ここにいてほしくないんだよ。食いぶちがひとり増えるだけなんだからね。いますぐ別れてくれなきゃ、チャールズ巡査部長を呼んでくるよ」

警察まで出されては、ナタニエルは立ち去るしかなかった。

目には涙が浮かんでいた。

けれど、ローラのおなかはまたふくらみはじめた。

「なんてこった! 同じ男と二人だぜ!」とハットは言った。

*

ミゲル・ストリートの奇跡のひとつは、誰も食べるのに困らないことだった。紙と鉛筆を持ってテーブルに向かい、その謎を解こうとしても答えは得られない。けれど僕はミゲル・ストリートに住んでいたから、誰も飢えなかったということは自信を持って言える。ひもじい思いをした人はいたかもしれないけれど、そんな話は一向に耳に入ってこなかった。

ローラの子どもたちは成長した。

長女のローナはセント・クレアのお屋敷で召使いとして働きはじめ、サックヴィル・ストリートのとある男のところでタイプライターの練習をしていた。

「世のなかに教育ほど大事なものはないからね。子どもたちが大きくなって、あたしみたいになるのはごめんだよ」とローラはよく口にしていた。

そうこうしているうちに、いつもどおり何の苦労もなく、ローラは八人目の子どもを産んだ。

その赤ん坊が最後だった。

ローラが疲れてしまったとか、人間愛を失ってしまったとか、人類の数を増やす情熱をなくしてしまったとか、そういうことではなかった。それどころか、ローラはまったく歳を取らないみたいだったし、陽気さを失うこともなかった。機会さえあればずっと子どもを作りつづけるだろうと僕は思っていた。

＊

ある晩遅く、長女のローナがタイプの練習から帰ってきて言った。「母さん、あたし、子どもができたの」

ローラの金切り声が聞こえた。

そして、ローラが泣くのを僕ははじめて聞いた。ふつうの泣き方ではなかった。生まれてこのかた溜めこんできた涙、笑いでごまかそうとしてきたありとあらゆる涙が、すべてあふれ出したかのようだった。葬式で人が泣くのは何度も耳にしてきたけれど、そこにはこれ見よがしなところが多分にある。ローラのその晩の泣き方は、僕がそれまで聞いたこともないような悲痛なものだった。聞いていると、世界が愚かで悲しい場所であるように思えてきて、僕はもう少しでローラといっしょに泣きだすところだった。

ローラが泣くのをストリートの誰もが聞いた。

翌日、「ローラがどうしてあんなに取り乱しているのかわかんねえな。だって、自分だって同じことしてるじゃねえか」とボイーが言った。

この言葉にハットはひどく腹を立て、革のベルトをさっと抜くと、ボイーをひっぱたいた。

ローラと娘、どちらがかわいそうなのか、僕にはわからなかった。

ローラがストリートに姿を見せるのを恥じているのが感じられた。彼女を目にしても、いっしょに笑って僕に砂糖菓子をくれたあの女の人と同じ人だとは思えなかった。

彼女はひどく老けこんだ。

もう子どもたちを怒鳴ることも殴ることもなかった。子どもたちを特別にかわいがるようになったのか、それとも子どもたちに関心をなくしてしまったのか、僕にはわからない。

けれど、ローラがローナを責める言葉をひとことたりとも耳にすることはなかった。

それがやりきれなかった。

ローナは赤ん坊を家に連れてきた。それを冗談にするような人はストリートにはいなかった。

ローラの家は死んだように静まりかえっていた。

「人生ってのはつらいもんだぜ。厄介ごとが起こるってわかっていても、それを止められねえ。何もできやしねえんだからな。手をこまねいて、ことのなりゆきを見守るしかねえんだ」とハットは言った。

＊

新聞によれば、それはよくある週末の悲劇のひとつにすぎなかった。

ローナがカレナギの海岸でおぼれたのだ。

「ありがちな話だぜ。疲れて泳げなくなるまで沖へ出ちまうんだ」とハットは言った。

警察がやって来て事故のことを告げたとき、ローラはほとんど何も言わなかった。

「よかったんだ。よかったんだよ。このほうがよかったんだ」とローラは言った。

11　青いゴミ収集カート

大きくなったらエドスみたいになりたいと僕が思っていたのには、いくつも理由があった。

エドスはストリートの貴族のひとりだった。ゴミ収集カートを運転していたから、働くのは朝だけだった。

それにみんなが言うように、エドスは本当に「冒険男《サーガ》」だった。叙事詩を書いたということではない。「優男」、つまり暇があってお洒落で、おまけに女好きという意味だ。

「ゴミ収集カートを運転してるにしちゃあ、このエドスって野郎は清潔すぎるぜ、まったく」とハットはよく言っていた。

エドスは清潔さにとにかくこだわった。

何時間でも歯を磨いていた。

実際、よそ者にエドスのことを話すには、「ほら、いつも歯ブラシを口に入れてる、あの小柄な男だよ」と言えば済んだ。

このことは、僕がエドスに心から敬服していた理由のひとつだった。ある日、僕は歯ブラシを口に入れ、昼間に自分の家の庭を歩き回ってみた。

「いっぱしの男にでもなったつもりかい？　ションベンが泡立つまで待ったらどうなんだい？」と母さんは言った。

それを聞いて、僕は何日も落ちこんだ。

それでも歯ブラシを学校に持っていって、口にくわえるのはやめなかった。かなりの評判になった。けれど、歯ブラシを口に入れたままでいられるのはエドスのような男だけなのだと、僕はすぐに悟ることになった。

エドスはいつでもいい身なりをしていた。カーキのズボンにはきちんと折り目がついて、靴はぴかぴかだった。毛深い胸が見えるよう、シャツのボタンを三つ外していた。シャツの袖口は手首のすぐ上で折り返され、金の腕時計が見えていた。

コートを着ていても、腕時計は目についた。それだけ見ていると、袖が時計のバンドに引っかかっていることに気づいていないように思えた。

僕は大きくなってはじめて、エドスが実際にはとても小柄でやせていることに気がついた。

「エドスは女に追いかけられた話をよくするけど、あれって全部が全部本当だと思う？」と僕はハットに訊いた。

「まあな、坊主。最近の女はとにかく変わってるからよ。金さえあれば、小人にでも熱中するんだぜ」とハットは言った。

「そんなの信じられないや」と僕は言った。

当時、僕はとても幼かったのだ。

けれど、「もし女が好きになる男がこの世にひとりいるとすれば、それはエドスだ」といつも思っていた。

青いカートに座ったエドスからはとにかく気品が漂っていた。それに、歯ブラシをくわえたときの粋な様子ときたら！

けれど、カートに座っているエドスには話しかけられなかった。そういうときの彼は、ふだん僕たちが道ですれちがうエドスとはひどくちがっていた。にこりともせず、真剣そのものだった。そして僕たちが、氷売りのカートでするみたいに彼のカートのうしろに乗ろうものなら、エドスは意地悪そうにムチを鳴らして、僕たちを怒鳴りつけた。「これがどんなカートだと思ってるんだ。おまえらの親父なんかにはこういうカートは買えないんだぞ、わかってんのか？」

いちばん清潔なゴミ収集カートに市役所が与える賞を、エドスは毎年もらっていた。そしてエドスが自分の仕事について話しているのを聞くと、誰でも自分が劣ったみじめな人間に感じられるのだった。

知事をはじめ、ポート・オブ・スペインの名士はみんな顔見知りだと彼は言っていた。そしてこう言うのだった。「昨日は保健所の所長のところで、バケツ二、三個分のゴミを集めてきたよ。あいつのことはよく知ってんだ。あいつがウッドブルックで駆けだしの医者としてえらく苦労してたころから、もう何年もあいつんとこのゴミを集めてるからね。だから昨日会ったらさ、あいつったら言うんだよ。『エドス、エドス（あいつはおいらのことをいつもそう呼ぶんだ）、こっちきて一杯やれよ』ってさ。ま、勤務中に飲むのは、仕事が遅れちゃうからおいらはいやなんだけどな。でもあいつったら、おいらをカートから引きずり下ろしそうな勢いでさ。しまいには、いっしょに飲むはめになっちまったんだ。あいつったら自分の悩みを洗いざらい打ち明けてさ」

ゴミバケツのうしろでエドスを待っている金持ちの女や、ゴミを持っていってくれと頼みこむ女の話もあった。

けれどなんと言っても、清掃夫たちがストライキをしたときのエドスは見物《みもの》だった。前にも言ったように、清掃夫は誇り高い連中で、それが誰のものであれ、まっとうな大義のためなら一致団結した。

彼らは自分たちが力を持っていることを知っていた。ストをして、二十四時間以内にポート・オブ・スペインを臭くすることもできたからだ。

ストの日になると、エドスはもの思いにふけりながらゆっくりとミゲル・ストリートを行ったり来たりしたものだ。そういうときの彼の顔はこわばり、怒っているように見えた。そして誰にも話しかけようとはしなかった。

そういう日には、エドスは赤いスカーフを身につけ、赤い取っ手の歯ブラシをくわえていた。

僕たちはときどき、ストの集会が開かれるウッドフォード広場へ行った。見ているだけでわくわくした。

エドスが歌を歌っているのを見て、僕は驚いた。歌は過激だったけれど、エドスはとても悲しそうだった。

「おい、刑事がいるぜ。エドスやほかの連中の言うことを一言ひとこと書き留めてやがる」とハットは言った。

刑事を見分けるのは簡単だった。茶色の帽子に白いシャツ、それに茶色のズボン——普段着が彼らの制服代わりだった。大きなノートに赤ペンを走らせていた。

それなのに、エドスは怖がってなどいないようだった!

エドスはあなどりがたい男だと、僕たちはみんな知っていた。

*

だから、エドスが誇り高いからといって責めることはできなかった。

ある日、エドスは靴を一足持ち帰り、何気なく僕たちに見せた。僕たちがその靴を見るかどうかには関心がなさそうに見えた。

歯を磨きながら、僕たちから目をそらせて彼は言った。「今日この靴をごみ捨て場《ラバッス》で見つけたんだ。そこにあったから拾ってきただけさ」

僕たちはひゅーっと口笛を鳴らした。靴はほとんど新品だった。

「こういうものを捨てるんだよな」と彼は言った。

そして、つけくわえた。「この仕事はどえらいもんだよ。本気で探せば、何だって手に入るんだ。ついこの前ベッドを丸ごと手に入れたやつだって知ってるよ。それにこの前も、おいらがセント・クレアのゴミを集めていたら馬鹿な女が走り出してきてさ、なかに入ってくれって頼むんだ。ラジオをくれるって言うんだよ」

「金持ちの連中は、そんなふうにモノをぽいぽい捨てちまうってことか？」とボイーが言った。

エドスは笑って目をそらせた。僕たちの素朴さに呆れていたのだ。

エドスと靴の話は、たちまちストリートじゅうに広まった。母さんは腹を立てていた。

「人生がどんなもんだか、これでわかるってもんさ。あたしゃこうして身を粉にして働いてる。だけど、そんなふうに靴一足放り投げてくれる人なんていやしない。それなのに、あの尻軽の小男といったら。ほとんど何もしてないくせに、あれもこれも手に入れたっていうんだからね」

やがて、エドスはさらに多くのものを集めはじめた。ベッドの枠組み、わずかに欠けた何十ものティーカップと受け皿、長さ何メートル分もの木材、ありとあらゆる種類のボルトにネジ。ときには現金さえも持ち帰った。

「今日、ベテランのやつと話してたんだ。大事なのはぜったいに靴を捨てないことだって言うんだよ。人が捨てた靴のなかをいつも見ろ、ありとあらゆるものが入っているぞってね」とエドスは言った。

しばらくすると、エドスが自分の仕事と集めたガラクタのどちらを誇りにしているのか、僕たちにはわからなくなった。

カートからガラクタを下ろすのに、エドスは毎日三十分はかけていた。

そして、釘とかトタン板の切れ端とかが必要なとき、みんなが最初に訊いてみるのはエドスだった。

頼まれるとエドスはぶつぶつ文句を言ったけれど、内心は喜んでいたのだろう。

「一日じゅうあくせく働いて、こういう資材を集めてるってのにさ。おいらのとこに駆けこんで、『これくれ、あれくれ』って言えば済むと思ってんだよな」とエドスは言うのだった。

そのうちに、エドスの集めたガラクタは、エドスの「資材」と呼ばれるようになった。

学校を開いた直後のある日、本を買うのに出費がかさむとタイタス・ホイットは僕たちにこぼした。

「少なくとも六十ドルは要《い》るだろうね」と彼は言った。

「その金額で何冊買えるんだい?」とエドスが訊いた。

「まあ、七冊か八冊かな」とタイタス・ホイットは言った。

エドスは馬鹿にしたように笑った。

「おいらに言ってくれたら、ひとかかえ分の本を十二セントくらいで持ってきてやるのに。どうしてたった八冊の本にそんな大金を使わなきゃいけないんだい?」

エドスは山ほど本を売った。

ハットは二十セント分の本を買った。

タイタス・ホイットの教育がどの程度のものかよくわかるというものだ。

それに、あの絵の一件もあった。

ある日、「今日はさ、いい絵を二枚拾ったよ。すてきな風景画が二枚、額も何もかもついてるんだ」とエドスは言った。

「母さん、エドスが十二セントで風景画を売るってさ」と家に帰ると僕は言った。

母さんは思いがけない行動をとった。

手を服で拭うと、外に出てきたのだ。

エドスがその風景画を運んできた。「ガラスはちょっと汚れてるけどさ、それはいつだってきれいにできるからね。それにしてもいい風景画だろう」

それは、嵐の海に浮かぶ船の版画だった。喜びのあまり、母さんはほとんど泣きだしそうだった。「ずっと長いこと、すてきな風景画がほしいと思ってたんだ」と母さんはくりかえした。それから僕を指差して、「この子の父親は、しょっちゅう風景画を描いてたんだよ」とエドスに言った。

エドスはさも感心した様子だった。

「こんなにすてきな風景画をかい?」と彼は訊ねた。

母さんは答えなかった。

少し交渉したあとで、母さんはエドスに十セント払った。

そして、もし誰も買いたがらないものがあれば、エドスは決まって僕のおじさんのバクーのところに行った。おじさんは何でも買うのだ。

「いつ役立つかわからないからな」とバクーおじさんはよく言っていた。

「エドスのやつ、『資材』のことでイカレかけてんじゃねえのか。そういう男がいるもんだぜ」とハットは言いはじめた。

僕は気にしていなかった。ある日、エドスが僕のところへやって来て、「古いバス切符を集めようと思ったことはないかい？」と尋ねるまでは。

そんなことは考えたこともなかった。

「いいかい、坊主みたいな子どもでも始められることがあるんだよ。千枚集めるたびに一ペニーやるからさ」とエドスは言った。

「どうしてバスの切符が欲しいの？」と僕は訊いた。僕のことを間抜けだと言わんばかりにエドスは笑った。

僕はやらなかったけれど、多くの子どもたちがバス切符を集めていることに気がついた。百枚集めるごとに一回ただでバスに乗れるぞ、とエドスが言ったのだ。

「あいつがピンを集めはじめたら、本気で心配しなくちゃいけねえな」とハットは言った。

＊

けれど、ある出来事がきっかけで、エドスは判事のようにまじめな自分にふたたび戻った。

ある日、「困ったことになっちまったよ」とエドスは言った。

「あの資材の何もかもが盗品だったなんて言うんじゃねえだろうな」とハットが言った。

エドスは首を振った。

「若い女においらの赤ん坊ができたんだ」と彼は言った。

「たしかにおまえの子か？」とハットは言った。

「その女がそう言うんだよ」とエドスは言った。

どうしてエドスがそんなことでこれほど心配するのか理解しがたかった。

「でもよ、馬鹿言っちゃいけねえぜ。こういうことは誰にでも起こるもんだぜ」とハットは言った。

けれど、エドスは慰めの言葉に耳を傾けようとはしなかった。

どこかうわの空でガラクタを集めつづけた。

そして、ガラクタ集めをすっかりやめてしまった。

「エドスの野郎、ガキを作るって考えを発明したのは自分だって言わんばかりじゃねえか」とハットは言った。

ハットはふたたび訊いた。「その赤ん坊がほかの野郎のじゃなくっておまえのだってのはたしかなのかよ？　こういうことで飯を食ってる女だっているんだぜ」

「たしかに、その女はほかの男の子どもも産んでるよ。でも、おいらは困ってるんだ」とエドスは言った。

「ローラみたいな女なのか？」とハットは言った。

「いいや。ローラはひとりの男とはひとりの赤ん坊しか作んないからね。この女は二、三人は産んでるよ」とエドスは言った。

「いいか、心配しちゃいけねえ。おまえのガキだかどうかわからねえじゃねえか。様子を見よう。様子を見ようじゃねえか」とハットは言った。

「赤ん坊を引き取らないと、おいらを失業させてやるって言うんだ」とエドスは悲しそうに言った。

僕たちはハッと息を呑んだ。

「その女にはコネがいっぱいあるんだ。その連中に働きかけて、おいらの受け持ちをセント・クレアからドライ・リバーに移してやるって言うんだよ。ドライ・リバーの連中はえらく貧しいから、捨てるものなんてありゃしないよ」とエドスは言った。

「そこじゃ資材はなんにも見つからないってこと?」と僕は言った。

エドスはうなずいた。それで僕たちにも状況が飲みこめた。

ハットが言った。「カリプソ歌いの言ってることは本当だな。

男ムカデは悪いもんだぜ
女ムカデは悪いなんてもんじゃないぜ

そういう女のことはよく知ってるぜ。ガキをたくさん産んで、産んだガキを父親のところに連れてって金を払わせる。三十五になるころにはよ、男という男から金をしこたま巻きあげてるから、手間のかかる赤ん坊を産む必要はもうねえし、何の責任もねえってわけよ。そういうことだぜ」

「心配するなって、エドス。あんたの子どもか様子を見よう。様子を見ようじゃねえか」とボイーが言った。

「ボイー、こういう話に口出しするには、まだ早すぎるんじゃねえのか？」とハットは言った。

＊

のろのろと月日が過ぎていった。

ある日、エドスがみんなに告げた。「女が昨日赤ん坊を産んだんだ」

「男か、それとも女か？」とハットは言った。

「女だよ」

僕たちはエドスに心から同情した。

「おまえのガキだと思うか？」とハットは訊ねた。

「ああ」

「赤ん坊を家に連れてくるのか？」

「一年かそこらしたらね」

「それならいま心配することは何もねえじゃねえか。おまえのガキなら家に連れてこい。それだったら、これまでみたくセント・クレアを回って資材を集められるじゃねえか」

エドスはうなずいたけれど、まったく喜んでいるようには見えなかった。

＊

赤ん坊がミゲル・ストリートにやって来るずっと前から、ハットはあだ名をつけていた。ハットがその赤ん坊のことを喜び《プレジャー》と呼んだから、その子は大きくなるまでそう呼ばれることになった。

ある晩、赤ん坊の母親がプレジャーを連れてきた。けれど、長居はしなかった。その母親の美しさに、エドスの評判はぐんと上がった。派手な感じで、スペイン人みたいな女だった。

けれど、プレジャーがエドスの赤ん坊であるはずがないのは一目瞭然だった。

ボイーがカリプソのメロディーを口笛で吹きはじめた。

中国人のガキがおれのことを「ダディ！」って呼ぶんだ

おれは黒玉みたいな黒ん坊
女房は黒い美女《タールベイビー》ときてる
それなのによ
中国人のガキがおれのことを「ダディ！」って呼ぶんだ
なんてこった、誰かがおれのコーヒーにミルクを入れやがった

ボイーをぎゅっとつねって、ハットはエドスに言った。「きれいな赤ん坊だな、エドス。おまえ似だぜ」

「そう思うかい、ハット？」とエドスは言った。

「ああ、そうともよ。優男の親父と同じで、もてる女になるぜ」

「すてきな娘さんだね、エドス」と僕は言った。

赤ん坊はすやすや眠っていた。ピンク色の肌をしていてきれいだった。

「おれ、こいつが大きくなるまで十六年待ってもいいな」とエロルは言った。

エドスはこのときすでに笑みを浮かべていたけれど、いきなり大声で笑いはじめた。

「静かにしろよ、エドス。赤ん坊を起こしちまうぜ」とハットは言った。

「本当においらに似てると思うかい、ハット?」とエドスは訊ねた。

ハットは言った。「ああ、思うな。なあエドス、おれはおまえが正しいことをしてると思うぜ。おれだって、もしうっかりよそでガキを作っちまったらよ、そいつらをみんな家に連れてきて、寝かしつけてやるぜ。みんな連れてきて、寝かしつけてやるって。恥ずかしく思うことなんて何もありゃしねえぜ」

「ハット、ずいぶん前に拾った鳥かごがあるんだ。明日持ってきてやるよ」とエドスは言った。

「おれ、いい鳥かごがずっと欲しかったんだよな」とハットは言った。

*

やがてエドスは、自分の仕事とガラクタを誇りにする、僕たちの知っている昔のエドスに戻った。そして、いまではプレジャーのことも誇りにしていた。

彼女はストリートの赤ん坊になった。モーガン夫人、バクー夫人、ローラ、それに僕の母さんと、女たちがみんなで赤ん坊の面倒をみた。

そして、カウアンドゲイトの赤ん坊コンクールで一等賞を取ったプレジャーの写真が新聞に掲載されたとき、笑いだしたくなった人がミゲル・ストリートにいたとしても、口はしっかり閉じられていた。

12　ラブ、ラブ、ラブ、アローン

ある朝の九時ごろ、ヒルトンさんの家の外に霊柩車と乗用車が止まった。一組の男女が車から降りた。二人とも中年で、黒い服を着ていた。男が霊柩車に乗ったほかの二人の男に何かささやいているあいだ、女のほうはずっと泣いていた。抑制のきいた、品のよい泣き方だった。

ヒルトンさんのこの葬式は、ミゲル・ストリートで行なわれた葬式のなかでもっともおざなりで、もっとも内輪なものだったと思う。同じ未亡人でも、大英帝国勲章をもらった民生委員で、ストリートの一等地に住んでいたリコーさんの葬式とは比べようもなかった。リコーさんの葬式のときには、自動車が七十九台と自転車が一台やって来たのだから。

その男女は昼ごろ戻ってきて、庭でたき火をした。マットレスと枕とシーツと毛布が焼かれた。

それから、灰色に塗られた木造の家の窓という窓が開け放たれた。こんな光景を見るのははじめてだった。

一週間後、「売却中」の看板がマンゴーの木に打ちつけられていた。

ストリートの誰もヒルトンさんのことを知らなかった。存命中、彼女の家の正門にはつねに錠がかけられていて、彼女が家を出たり、誰かが家に入ったりするのを見た人はひとりもいなかった。だから、かりにそうしたくても、ヒルトンさんお気の毒にと思ったり、あの人が逝っちゃってさびしいと言ったりすることはできなかった。

彼女の家のことを思い出すと、二つの色だけが目に浮かんでくる。灰色と緑色。マンゴーの木の緑色、それに家の灰色と、マンゴーを盗られないようにと張りめぐらされたトタン板の塀の灰色。

もしもクリケットのボールがヒルトンさんの庭に入ってしまおうものなら、ボールを取り戻すことはできなかった。

ヒルトンさんが亡くなったのはマンゴーの季節ではなかった。でも、クリケットのボールは十個くらい取り戻せた。

＊

新しい住人が現われもしないうちから、ことあらば嫌ってやろうと僕たちは身構えていた。少し不安だったのだと思う。僕たちのことで警察に苦情を言いつづけている男がすでにひとりいたからだ。僕たちが歩道でクリケットをしている、と文句を言い、クリケットをしていないときでも、僕たちが大騒ぎしていると通報した。

「坊主たち、上のほうが行ってこいって言うもんだからな。あの馬鹿たれがまた電話してきやがった。まあ、少し抑えろや」と、チャールズ巡査部長がやって来ては言った。

＊

ある日の午後、僕が学校から帰ると、ハットが教えてくれた。「男と女だ。女のほうはすげえ美人。けどよ、男のほうは洒落になんねえくらい不細工だぜ。二人ともポルトガル人みてえだけどな」

僕にはよくわからなかった。正面の門は開いていたけれど、窓は以前のように閉まっていたからだ。

犬が一匹、怒ったように吠えているのが聞こえた。すぐに、ひとつだけははっきりした。新しい住人が何者であれ、僕たちがうるさくて眠れない、などと警察に通報することはないはずだ。

その夜、その家のうるささといったらなかった。トリニダード・ラジオが終わる真夜中まで、ラジオは音量いっぱいにがなり立てていた。犬は吠えまくり、男は叫んでいた。女の声は聞こえなかった。

翌朝は、打って変わってしんと静まりかえっていた。

僕は学校に行く前に、女を一目見ようと待ち構えた。

「なあハット、おれさあ、あの女、どっかで見たことある気がするぜ。ムキュラーポあたりで牛乳配ってたときじゃねえかな」とボイーが言った。

その女は、ミゲル・ストリートに住む僕たちにはまるで似つかわしくなかった。あまりにもきちんとした身なりだったのだ。少し美人すぎたし、少し洗練されすぎていた。彼女がメアリーの店で、小麦粉や米といった貴重品を手に入れようとして、ほかの女たちを押しのけようとしている様子は滑稽だった。

ボイーの言うとおりだろうなと僕は思った。ムキュラーポのすてきな邸宅の庭で、シヨートパンツで飛び跳ねている姿ならたやすく想像できた。そして背後では、制服を着た召使いがせわしなく立ち働いているのだ。

数日が過ぎると、男のほうがよく目につくようになった。男は背が高くてやせていた。不細工な顔だちで、ピンク色のできものだらけだった。

「なんてこった、あの野郎、超一級の飲んだくれだぜ」とハットは言った。

しばらくすると僕にもわかった。背の高いこの男は、実際のところいつ見ても酔っぱらっていた。男からは粗悪なラム酒の胸が悪くなるようなにおいがして、僕は怖かった。彼を見かけるたびに、通りの反対側に移動した。

彼の奥さんが、奥さんではないにしてもとにかくその女が、ミゲル・ストリートのどの女よりもきれいな身なりをしていたのに、男のほうは僕たちの誰よりもみっともない格好をしていた。ジョージよりもずっと汚らしかった。

男は仕事を持っているようには見えなかった。

「どうしてあんなにきれいですてきな女の人が、あんな男といっしょになったりするの？」と僕はハットに訊いた。

「坊主、おめえにはわからねえよ。話したところでおれの言うことは信じねえだろうしな」とハットは言った。

それから、僕は男の犬を見た。

その犬は雄山羊くらい大きくて、雄牛くらい凶暴そうに見えた。飼い主と同じようなやせた顔をしていた。彼らがいっしょにいるのをよく目にした。

「あの犬が逃げ出したら、このストリートじゅうがとんでもねえことになっちまうぜ」とハットは言った。

数日後、「なあ、いま気がついたんだけどよ。あいつら、家具をひとつも入れてねえよな。ラジオしかねえみてえだぜ」とハットが言った。

「売ってやってもいいものがたくさんあるんだけどな」とエドスが言った。

あの男とあの犬とあの女が同じ家に住んでいるかと思うと、僕は彼女がかわいそうで心配だった。そしてまた、すべては順調だ、自分はストリートのほかの女たちと同じで、とりたてて目を惹くような変なところは何ひとつない——そんなふうに見せようと彼女が懸命に努力しているところに好感を持っていた。

やがて、男が手をあげるようになった。

女は悲鳴をあげながら逃げ出すのだった。おそろしい犬が吠えまくるのを、男が叫びののしるのを僕たちは聞いた。男の使う言葉があまりにも下品だったので、みんなショックを受けた。

「二と二を足すとどうなるかは簡単にわかるよな」とハットは年長者たちに言った。

エドワードとエドスが笑った。

「ハット、どうなるの？」と僕は訊いた。

ハットは笑った。

「まだおめえは小さすぎるよ、坊主。長ズボンがはけるようになるまで待ちな」とハットは言った。

それで、僕は最悪の事態を想像した。

女は、突然いっさいの恥を失ってしまったかのようだった。悲鳴をあげながらストリートの誰彼かまわずすがりついた。「助けて！　助けて！　つかまったら殺されちゃう！」と声をあげた。

ある日、彼女は僕のうちに飛びこんできた。

断りもなしに家にやって来たことについて弁解もしなかった。あまりにもおびえて取り乱していて、泣くことすらできなかった。

母さんがこんなに熱心に人助けをしようとするのは見たことがなかった。母さんは紅茶とビスケットを出した。「ここのところ、トニに何が起きているのかさっぱりわからないの。でも、こんなふうになるのは夜だけなのよ。朝はとてもいい人なの。でも昼ごろになると何かが起こって、彼はおかしくなってしまうの」と言った。

最初母さんは、ことさら丁寧になろうと気を遣っていた。知っているかぎりの上品な言葉を、できるだけ上品に発音した。「快適」を「くわぁいてき」と発音してみたり、「棒《バー》」と「戦争《ウォー》」で無理に韻を踏んでみたり、すぐに「じぇーったい」何もかもうまくいきますわよ、と請けあったりした。いつもは男なんて十把ひとからげにして気にも留めない母さんが、この女には、死んだ父さんを例に挙げながら、男ってものはねと話しはじめた。

「ただね、この子の父親の場合は、あなたのところと正反対だったんです。あたしがあの人のいる部屋に入るたびに、ベッドから飛び出して叫びながら逃げていったんですよ。悲鳴をあげながらね」と母さんは言った。

けれど、女が三、四回ほど来てからは、母さんはいつもの母さんに戻って、彼女をローラやバクー夫人のように扱うようになった。

「ねえヘレイラさん、あんた、どうしてあのごくつぶしと別れないんだい？」と母さんは言ったものだ。

「こんなこと言うと、みんなから馬鹿だって思われるでしょうけど、わたしはトニが好きなんです。愛しているんです」とヘレイラさんは言った。

「どうしようもなくけったいな愛だね」と母さんは言った。

ヘレイラさんはトニのことを話しはじめた。まるで、大好きな男の子のことを話すような口ぶりだった。

「あの人にはいいところがたくさんあるんです。本当はまともな心の持ち主なんです」

「あたしにゃ心のことなんてよくわかんないけどね、ケツにがつんと一発くらわせなきゃ、あの男はまともにならないってことはたしかだよ。あんた、よくもまああんな男にやられっぱなしでいられるもんだね」と母さんは言った。

「ちがうんです。わたしにはトニのことがわかるんです。わたし、あの人が病気だったときに看病をしてたから。戦争が悪いのよ。あの人は水夫で、二回も魚雷攻撃を受けたんです」

「もう一回くらっとくべきだったね」と母さんは言った。

「そんなふうに言わないで」とヘレイラさんは言った。

「ねえ、あたしゃ、正直に言ってるだけだよ。あんた、助言を聞きにここに来たんだろ」と母さんが言った。

「助言なんて求めてません」

「あんたは助けを求めてここに来たんだろ。だからあたしゃ、あんたを助けようとしてんじゃないか。それだけだよ」

「助けも助言も欲しくありません」とヘレイラさんは言った。

母さんは腹を立てなかった。「わかったよ。じゃ、あのご立派な彼氏のところに戻りな。あたしが悪かったよ。白人の話に口を挟んじまってさ。カリプソにもあるだろ。

愛《ラブ》、愛《ラブ》、愛《ラブ》、それだけさ《アローン》
そのためにエドワード国王は玉座を捨てたのさ

いいかい、あんたはエドワード国王じゃないんだよ。あんたのすばらしい彼氏のところにとっとと帰っておくれ」と言った。

「もう二度とここには戻ってきませんから」とヘレイラさんは戸口で言った。

でも次の晩、ヘレイラさんはまた戻ってくるのだ。

ある日、「ヘレイラさん、みんながあんたんとこの犬を怖がってんだよ。ありゃ、こんな場所には物騒だよ」と母さんは言った。

「あれはわたしの犬じゃないんです。トニの犬なんです。わたしもさわれないんです」とヘレイラさんは答えた。

＊

僕たちはトニを見下していた。

「男がときどき自分の女を殴るってのはいいけどよ、あの野郎はまるで運動するみてえに殴ってやがるぜ」とハットは言った。

それに、トニはみっともなく酔っぱらうので嫌われた。

トニはべろんべろんに酔いつぶれては、ところかまわず寝た。

何度か僕たちと親しくしようとしたけれど、それが何よりも不愉快だった。

「よお、坊主たち」と彼は声をかけてきたものだ。

それが彼にできる会話のすべてのようだった。ハットや年長者たちのほうからわざわざ話しかけようとしても、彼が本当に話を聞いているようには思えなかった。突然立ち上がると、何も言わずに僕たちから離れるのだ。話の真っ最中の人がいるというのに。

「それもいいじゃねえか。あの野郎をずっと見てたら吐き気がすっからな。白い肌ってのも、とんでもなく汚くなることがあるんだな」とハットは言った。

実際、彼の肌は見苦しかった。黄色とピンクと白が入り混じっているうえに、茶と黒の点々がついていた。彼の左目の上には、ピンク色の火傷の痕《あと》があった。

けれど奇妙なことに、やせてしわだらけのトニの手だけを見ていると、気分が悪くなるのではなくて、彼のことが気の毒に思えてくるのだ。

けれど僕がトニの手を見るのは、ハットとその仲間たちといっしょにいるときだけだった。

ヘレイラさんはきっと彼の手だけを見ていたのだろう。

「いつまで続くこったかねえ」とハットは言った。

＊

明らかに、ヘレイラさんは長く続けるつもりらしかった。

結局、彼女と母さんはすっかり友だちになって、僕は今後の計画についていろいろ聞かされることになった。ある日ヘレイラさんは、家具がいくつか欲しいわと言った。実際、いくつか買ったと思う。

でもほとんどの場合、話すのはトニのことだった。話だけを聞いていたら、誰もがトニは普通の男だと思うはずだ。

「トニはトリニダードを出ようと思っているの。わたしたちはバルバドスでホテルを始めるかもしれないわ」と彼女は言った。

かと思えば、「トニがよくなったらすぐに、わたしたち、長いクルーズ旅行に行くの」はたまた、「トニは本当はちゃんとした人なのよ。すごく意志が強いの。本当よ。彼が元通りになったらわたしたちはうまくいくわ」

＊

トニはいつもの体たらくで、自分のためにあれこれと計画が立てられているとはまったく知らないようだった。落ち着く気配はいっこうになかった。日に日に凶暴に、不愉快になっていった。

「あの野郎、ジョン・ジョン出身の育ちの悪い連中みたいにふるまいやがる。便所が何のためにあるのか忘れちまってるみてえだぜ」とハットは言った。

それだけではなかった。トニの人類に対するとてつもない嫌悪感は、日増しにひどくなる一方だった。見ず知らずの人を見かけるだけで、口汚くののしりはじめるのだ。

「トニの野郎、なんとかしなくちゃいけねえな」とハットが言った。

みんながトニに焼きを入れたとき、僕もそこにいた。

そのあとずっと長いこと、ハットは焼きを入れたことを気にしていた。本当にやりきれなかった。ハットもほかのみんなも怒っているわけではなかった。そしてトニ自身も怒っていなかった。されるがままだった。殴り返そうとさえしなかった。殴られても何も感じていないようだった。おびえているようにも見えなかった。泣きもしなかった。やめてくれとも言わなかった。立ち上がっては殴られた。勇敢でもなかった。

「酔っぱらいすぎてんだ、こいつ」とハットは言った。ハットはしまいには自分に腹を立てた。「調子に乗ってこんなことすんじゃなかったぜ。こいつには感情ってもんがねえんだ。それだけのことよ」と言った。へレイラさんの話しぶりからすると、彼女は何が起こったのか明らかにわかっていなかった。

「まあ、それだけが救いだな」とハットは言った。

＊

この数週間のあいだ、ひとつの問いが僕たちの頭からどうしても離れなかった。どうしてへレイラさんのような人が、トニなんかといっしょにいるのだろう？

おれにゃわかるよ、とハットは言っていた。でも、ハットはへレイラさんの素性を知りたがっていた。それは僕たちも同じだった。母さんでさえ、声に出して不思議がった。

ボイーが思いついた。

「ハット、広告だよ。嫁さんや亭主に逃げられたときに、みんな出すじゃんか」とボイーは言った。

「ボイー、おまえ、このくそったれのませガキが。おまえみてえなガキがどうしてそんなこと知ってんだよ?」とハットが言った。

ボイーはそれを褒め言葉と受け取った。

「だがよ、ヘレイラさんが亭主を捨ててきたかどうかなんて、わかりゃしねえじゃねえか? トニと結婚してねえってなんでわかんだよ?」とハットが言った。

「なあハット、言っただろ。おれ、牛乳配ってるときに、あの女をムキュラーポあたりで見かけたんだよ。そう言っただろ」とボイーが答えた。

「白人はそんなことしねえだろ。新聞に広告出したりするようなまねはよ」とハットは言った。

「ハット、あんた、そりゃおかしいな。白人を何人知ってて、そんなこと言ってんだい?」とエドスが言った。

結局、ハットはもっと丹念に新聞を読むと約束した。

*

やがて、本当に厄介なことになった。

ある日、「あの人、狂ってる！　狂ってるのよ！　わたし、今度は本当に殺されてしまう！」とヘレイラさんは悲鳴をあげながら家から逃げ出した。

「ナイフをつかんでわたしを追いかけはじめたんです。『殺してやる！　殺してやる！』って言いながら。それも、とても静かに言うんです」彼女は母さんに言った。

「あんた、あの男になんかしたのかい？」と母さんは訊いた。

ヘレイラさんは首を振った。

「おまえを殺してやるなんて脅すのははじめてよ。しかも本気なの」と彼女は言った。それまで涙をこらえていたヘレイラさんが、わっと泣き崩れた。少女のように泣いた。

「トニはわたしがしてあげたことを全部忘れてしまったのよ。病気のときにわたしがどれほど献身的に看病してあげたか、忘れてしまったんだわ。ねえ、そんなのおかしくない？　わたしは彼のためにあらゆることをしたのよ。あらゆることよ。わたしはすべてを捨てたのよ。お金も家族も。みんな彼のためによ。それなのに、わたしのことをこんなふうに扱うなんて、ねえ、そんなのってあり？　どうしてわたしがこんな目にあわないといけないの？」

この調子でヘレイラさんは泣き崩れ、しゃべり、また泣いた。

僕たちは彼女をしばらくそっとしておいた。

あとで母さんが言った。「トニのようなやつにとっちゃ、人殺しなんて朝飯前なんだよ。人を殺してるとも感じないいんだろうね。今晩はここに泊まっていくかい？　息子のベッドに寝てくれていいよ。この子は床に寝ればいいんだからさ」

ヘレイラさんは聞いていなかった。

母さんはヘレイラさんの体を揺すって、もう一度同じことを言った。

「もう大丈夫、ええ、本当に。わたし、帰ってトニと話をするわ。きっと、わたしが彼を怒らすようなことをしちゃったのね。帰って、どこが悪かったのかはっきりさせなきゃ」とヘレイラさんは言った。

「もう勝手にしておくれ」と母さんは言った。「あんたの色恋ざたは、ちょっと行きすぎだよ」

それからヘレイラさんは家に戻っていった。母さんと僕は長いこと待っていた。悲鳴が聞こえてくるのを待っていた。

けれど何も聞こえなかった。

翌朝、ヘレイラさんは落ち着きを取り戻し、いつものように上品だった。

けれど、日に日に彼女からはみずみずしさが失われていった。その美しさは悲しみの色を増していき、顔にはしわが刻まれていった。目は赤く、腫れぼったかった。目の下の黒いくまが醜く目立った。

＊

＊

「そうか！　そうだったのか！　ずいぶん前から知ってたのによ！」とハットは跳び上がって叫んだ。

ハットは僕たちに新聞広告の個人欄を見せた。七人が配偶者と別れることを決めていた。僕たちはハットの指を追って読んだ。

私、ヘンリー・ヒューバート・クリスチャーニはここに申し上げます。妻アンジェラ・メアリー・クリスチャーニはもはや私の保護下にありません。従いまして、私は彼女の借金には責任を一切負うものではありません。

「この女だぜ」とボイーが言った。

「そうだ、クリスチャーニだ。医者だよ。おいら、よく知ってるよ。あいつんとこのゴミ集めてたしさ」とエドスが言った。

「じゃあ訊くけどよ、そんな男を捨ててまでして、あのトニなんかといっしょになりてえなんて、なんでそんな気になったんだよ?」とハットは訊いた。

「うん、クリスチャーニのことは、おいらよく知ってんだ。いい家にいい車。金はたんまり持ってる。ずいぶん前からあいつのことは知ってんだ。うん、ムキュラーポあたりで働いてたときからだな」とエドスは言った。

三十分もしないうちに、このニュースはミゲル・ストリートじゅうに広まった。

*

「警察に言ったほうがいいよ」と母さんはヘレイラさんに言った。

「だめ、だめよ。警察なんて」とヘレイラさんは言った。

「トニよりも警察が怖いみたいだね」と母さんは言った。

「スキャンダルになると――」

「スキャンダルだって！　人生がめちゃくちゃになってんのに、あんた、スキャンダルなんて心配してんのかい。あの男にまだ懲りてないってのかい？」と母さんは言った。

「あんた、どうしてご主人のところに戻らないんだい？」

母さんは、ヘレイラさんがびっくり跳び上がるものとばかり思っていたようだった。でも、ヘレイラさんは少しも動じなかった。

「わたし、夫には何も感じないんです。あの清潔な医者のにおいを嗅ぐだけでいやになるんです。息が詰まるんです」

僕はヘレイラさんの言っていることが完璧に理解できた。僕は母さんの表情を探った。トニは本当に狂暴になっていった。

よくラム酒のハーフ・ボトルを握ったまま、家の上がり段のところに座っていた。いつも犬といっしょだった。

彼は世界と完全に接触を失ってしまっているように見えた。感情すら持っていないようだった。ヘレイラさん、いや、クリスチャーニ夫人がこんな男に恋しているなんて、なかなか想像しづらかった。でも、トニのような男が誰かと恋をするなんて、想像もできなかった。

トニは動物みたいだと思った。まさに彼の犬みたいだった。

＊

ある朝、ヘレイラさんがやって来てとても穏やかに言った。「わたし、トニと別れることにしました」

あまりにも穏やかだったので、母さんのほうが心配した。

「今度はどうしたんだい？」と母さんは訊いた。

「なんでもありません。昨日の夜、トニが犬をわたしにけしかけたんです。あの人は自分が何をやっているのかわかってないみたいでした。笑ってさえいませんでした。きっと狂ってるんだわ。もしも出ていかなかったら、わたし、殺されると思うの」とヘレイラさんは答えた。

「誰のところに戻るんだい？」と母さんは訊いた。

「夫のところです」

「あんな広告を出されたあとでもかい？」

「ヘンリーは子どもっぽいんです。ああやればわたしが怖じ気づくとでも思っているんだわ。きょう帰ったら、夫はわたしを連れ戻すことができたって喜ぶでしょうね」とヘレイラさんは答えた。

そう言う彼女はいつもとちがって見えた。こわばった感じだった。

「そう決めつけるもんじゃないよ。トニのこと、ご主人は知ってるのかい？」と母さんは訊いた。

ヘレイラさんは笑った。まるで、気でもちがったような笑い方だった。「もともとトニは、わたしの友だちじゃなくてヘンリーの友だちだったんです。ヘンリーがある日彼を家に連れてきたの。トニはひどい病気だったわ。ヘンリーはあんな人だったから。ヘンリーほど善行に熱心な人には会ったことがなかったわ。ヘンリーは、公衆衛生とか世のなかの役に立つ仕事には大賛成だったんです」

「ねえヘレイラさん、あんたがあたしみたいだったらねえ。もしもあんたが十五で結婚させられたってんなら、こんな馬鹿げた話、聞かずに済んだんだけどね。心だの愛だの言って大騒ぎする、こんなくだらない話なんてさ」と母さんは言った。

ヘレイラさんは泣きだした。

「ねえ、泣かすつもりじゃなかったんだよ。悪かったよ」と母さんは言った。

「ちがうんです。あなたじゃないんです。あなたのせいじゃないんです」とヘレイラさんはむせび泣いた。

母さんはがっかりしたようだった。

僕たちはヘレイラさんが泣くのを見守っていた。

「一週間分の食べ物はトニのところに残してきましたから」とヘレイラさんは言った。

「トニも大人だよ。心配しなくても大丈夫さ」と母さんは言った。

*

彼女が去ってしまったことを知って、トニはひどく騒いだ。犬のように吠え、赤ん坊のように泣き叫んだ。

それから酔っぱらった。ふつうの酔い方とはちがった。もうラム酒がなければやっていけない段階にまで達していた。

犬のことをすっかり忘れてしまい、犬は何日も飢えたままだった。

酔っぱらった彼は、よろめきながら家から家へとヘレイラさんを探し、泣きわめいた。

そして、家に戻ると犬に八つ当たりした。犬がキャンキャン鳴いたり、うなったりするのが聞こえるようになった。

ついには、犬までがトニに反抗するようになった。

犬は綱からなんとか抜け出して、トニに飛びかかった。

トニは心底ショックを受けて正気に返った。

犬は逃げ出した。トニはあとを追いかけて走った。トニはしゃがんで口笛を吹いた。

犬は立ち止まって、耳をぴくりと動かした。それから振り向いた。このイカレた酔っぱらいが犬を呼び戻そうと、ほほえんだり口笛を吹いたりする姿は滑稽だった。

犬はトニを見つめたままじっと立っていた。

尻尾が二度揺れて、それからだらんと垂れた。

トニは立ち上がって犬の方に歩きはじめた。犬はくるりと向きを変えると走りだした。

＊

僕たちは、トニが部屋のマットレスの上で大の字になっているのを見た。部屋には何もなかった。マットレスとラム酒の空き瓶とタバコの吸い殻しかなかった。

彼は酔っぱらって眠っていた。奇妙なくらい安らかな表情を浮かべていた。

やせてしわだらけの手はとても弱々しく、悲しげだった。

＊

ふたたび、「売却中」の看板がマンゴーの木に打たれた。小さな子どもが五人ほどいる男が家を買った。

トニはときどきやって来ては新しい住人をおびえさせた。

金やラム酒をせびった。それに、ラジオをくれと言うのがつねだった。「あんたらアンジェラのラジオを使ってるだろ。その貸し賃を請求してんだよ。ひと月二ドルだ。さあ、二ドル出せよ」とトニは言った。

家の新しい持ち主は小柄な男で、トニのことを怖がって、けっして返事をしようとしなかった。

トニは僕たちを見ると笑って言った。「なあおい、おまえらアンジェラのラジオ知ってるよな？　ラジオ知ってるだろ？　なあ、あの野郎がいま使ってんのは何だよ？」

「どうしてトニみてえな野郎がこの世界にいるのか、誰かおれに教えてくれよ！」とハットは言った。

二、三ヶ月すると、トニはミゲル・ストリートに姿を見せなくなった。

＊

それから何年も経ったのち、僕はトニを見かけた。僕はアリマへと向かっているところだった。ラベンティルの採石場のすぐ近くで、彼が大型トラックを運転しているのを見たのだ。

彼はタバコを吸っていた。

そのことと腕がやせていたことしか思い出せない。

そして、ある日曜日の朝、カレナギ海岸に車で行く途中に、僕はクリスチャーニ家の前を通った。ずっと長いこと避けてきたのに。

クリスチャーニ夫人、つまりヘレイラさんはショートパンツ姿だった。庭に置かれた安楽椅子で新聞を読んでいた。家の開け放たれたドア越しに、制服を着た召使いが昼食を準備しているのが見えた。

ガレージには黒い車があった。大きな新車だった。

13　機械いじりの天才

バクーおじさんは、機械いじりの天才と言ってよかった。おじさんがなんらかの自動車を持っていなかった時期なんて思い出せない。けれど、おじさんはメーカーのデザインに必ずしも納得していたわけではなかった。というのも、いつもエンジンをばらばらに分解していたからだ。それを見てタイタス・ホイットは、地理の本から得た知識をふりかざし、エスキモーにもこういう習慣があると言った。

バクーのことを思い出そうとしても、顔は浮かんでこない。車の下にもぐりこんでいく彼の靴の裏が見えるばかりだ。バクーが車の下にいると、僕は心配になった。いまにも車がジャッキから滑り落ちてきそうだったからだ。

ある日、まさにそのとおりのことが起こった。

バクーはかすかなうめき声を漏らした。それが妻の耳にかろうじて届いた。

彼女は叫んだ。「ああ、神様!」そして、わっと泣きだした。「何かが起こったんだわ。彼に何かあったのよ」

夫のことを話すときは、バクー夫人はいつもこの人称代名詞を使った。

彼女は庭の隅へと急いだ。バクーがうめくのが聞こえた。

「あなた」と彼女はささやいた。「大丈夫?」

彼はもう少し大きな声でうめいた。

「おれがどうして大丈夫なんだ? おまえの目は節穴か? 車がまるごとおれのケツをかち割りそうになってるのが見えないのか?」と彼は言った。

忠実な妻であるバクー夫人はふたたび泣きだした。

彼女はトタン板の塀をばんばん叩いた。

「ハット」とバクー夫人は呼んだ。「ハット、はやく来てちょうだい。車がまるごと彼の上に落ちたのよ」

ハットは牛小屋を掃除しているところだった。バクー夫人の声を聞いて、ハットは笑った。「おれがいつも言ってるだろ」とハットは言った。「バカなことしてっとエラい目にあうぞってな。あの車、新車だったじゃねえか。どうしてそんな車をいじくってたんだよ？」

「クランク軸がうまく動かないって、彼は言ってたのよ」

「そんで、クランク軸を探してたってわけか？」

「ハット」と車の下からバクーが叫んだ。「おまえがこの車をどけたら、すぐにボコボコにしてやるからな」

「あなた」とバクー夫人が夫に言った。「どうしてそんなに自分勝手なの？　あなたを助けてあげようって親切にも来てくれたのに。それなのに、この人を殴るっていうの？」

ハットのほうが誤解されて傷ついているように見えてきた。

「いまに始まったことじゃねえよ。思ってたとおりだぜ。おれが人様のやってることに口出すとよ、いつもこうなっちまうんだ。あんたと、そこにいるあんたの亭主はうっちゃって、とっとと牛小屋に戻るとするか」とハットは言った。

「だめよ、ハット。彼のことなんて気にしちゃだめ。新品の大きな車がまるごとあなたの上に落ちたとしたら、あなただって何を口走るかわからないでしょ」

「わかった、わかったよ。ちょっくらガキどもを呼んでくるからよ」とハットは言った。

ハットが表で大声で呼ぶのが聞こえた。「ボイー、エロル！」

返事はなかった。

「ボーイー、エーロール！」

「いま行くよー、ハット」

「おまえらどこにいたんだよ？　もういっぱしの大人気取りで、ポケットに手を突っこんで、そこいらをほっつき歩いててもいいと思ってんのか？　タバコ吸ってただろ、え？」

「タバコ吸ってただって、ハット？」

「これはどうしたこった？　急に耳でも聞こえなくなったのかよ？」

「ハット、ボイーだよ、タバコ吸ってたのは」

「うそだよ、ハット。ほんとはエロルなんだぜ。おれは立って見てただけなんだ」

「誰がおまえらにおまわりの真似事をやれって言ったんだ、え？　おまえら二人ともムチ打ちだ。エロル、ボイーをしばくムチになる枝を切ってこい。ボイー、おまえはエロルをしばく枝を切ってこい」

二人がべそをかくのが聞こえた。

車の下からバクーが呼んだ。「ハット、おまえ、どうしてガキどもをほっといてやらねえんだ？　そのうち、殴りすぎでおまえのほうがムショ行きになっちまうぞ。どうしてほっといてやらねえんだよ？　もう大きいんだぜ」

「余計なことを言うんじゃねえよ。さもなきゃ、腐るまで車の下にほったらかしだ、わかったか」とハットは怒鳴り返した。

「あなた、落ち着いて」とバクー夫人が夫に言った。

でも結局、大事《おおごと》にはならなかった。ジャッキは滑ったけれど、車軸は積んであった木材に乗っかったままで、バクーははさまれたまま身動きひとつできなかったものの、怪我ひとつしていなかった。

出てきたあと、バクーは自分の服を見た。着ていたカーキのズボンと袖なしのベストは両方とも、エンジン油のせいで黒くごわごわになっていた。

「まったく汚れちまったな、え？」とバクーは妻に言った。

夫を誇らしげに見つめながら、「ええ、あなた」と彼女は言った。「本当に汚れてるわ」

バクーはほほえんだ。

「なあ、車を持ち上げて、あんたを引っぱりだすのはもううんざりだぜ。ひとこと言わしてもらうとよ、ちゃんとした整備士を呼ばなきゃだめだぜ」とハットが言った。

バクーは聞いていなかった。

「クランク軸は大丈夫だった。ほかの問題だろう」と彼は妻に言った。

「でも、まず何か食べたほうがいいわ」とバクー夫人は言った。

そして、ハットを見て言った。「彼ったら車の修理となると、わたしが言わないと食事もしないのよ」

「だからどうだってんだ？　その話を紙に書きつけて、新聞に送れってのかよ？」とハットは言った。

僕はその晩、バクーが車の修理をするところを見たいと思った。それで言った。「バクーおじさん、おじさんの服さ、ほんとに油がいっぱいついてて汚いよ。どうしてそんなの着てられるのさ？」

彼は振り向いて僕にほほえんだ。「だからどうしたってんだ、坊主？　おれのような整備屋にはな、きれいな服を着てるひまなんてないのさ」

「車、どうしちゃったの、バクーおじさん？」と僕は訊いた。

返事はなかった。

「タペットがカタカタしてんのかな？」と僕は言ってみた。

バクーが車に関して僕に教えてくれたことのひとつは、タペットはいつでもカタカタしているということだった。バクーにどれでもいいから車を見せればいい。彼はまず最初に、「タペットがカタカタしてるな。聞こえるだろ？」と言うはずだ。

「タペットがカタカタしてない？」と僕は訊いた。

彼はまっすぐ僕のところにやって来て、真剣に訊ねた。「何だって？　タペットがカタカタしてるのが聞こえたのか？」

そして、「うん、何かがカタカタしてたよ」と僕が答える前に、バクー夫人が彼を引っぱって言った。「さああなた、食べましょう。ああ、きょうは服が本当に汚れちゃってるわよ」

＊

バクーの上に落ちた車は、本当は新車ではなかった。でもバクーは新車も同然だと吹聴していた。

「たった二百マイル走っただけだからな」と言っていた。

「まあ、トリニダードはたしかに小せえけどよ、そんなに小さかったとは知らなかったぜ」とハットは言った。

僕はバクーがその車を買った日のことを覚えている。土曜日だった。その朝、バクー夫人は母さんのところにやって来て、二人で米や小麦粉の値段や闇市についてあれこれしゃべっていた。帰りぎわ、バクー夫人が言った。「彼はきょう街に行ったの。新しい車を買わなきゃって言ってるの」

それで、僕たちは新しい車を待った。

正午になったけれど、バクーは現われなかった。

「一時二分前だ。あの野郎、いまごろきっとエンジンを取り外してやがるぜ」とハットは言った。

四時ごろ、バンバン、ガチャガチャとやかましい音が聞こえ、ミゲル・ストリートのドックサイト側に車が一台現われた。一九三九年モデルの青のシボレーだった。ピカピカで高そうだった。僕たちは手を振り、歓声をあげはじめた。バクーが左手を振っているのが見えた。

僕たちは手を振り、歓声をあげながらバクーの家の前に躍り出た。

車が接近してくると、ハットが言った。「おい、よけろ！　逃げろ！　あいつ、気が狂っちまったみたいだぜ！」

危ないところだった。車は猛スピードで家の前を通りすぎた。僕たちは声をあげるのをやめた。

「車が言うことをきかねえんだ。すぐになんとかしなきゃ、事故になるぜ」

バクー夫人が笑った。「一体どうなってるのかしらね」と彼女は言った。

でも僕たちは、バクーの名前を大声で呼びながら車のあとを追いかけた。

彼は左手を振っていたのではなかった。危ない、どくんだ、と人々に知らせようとしていたのだった。

奇跡的に、車はアリアピタ大通り《アベニュー》の直前で止まった。

「ミゲル・ストリートの角で曲がったときに、ブレーキを思いきり踏んだんだ。ところがブレーキがきかなくてな。まったくおかしなこともあるもんだ。今朝、ブレーキをオーバーホールしたばかりなのにな」とバクーが言った。

「あんたがしなきゃいけねえことがふたつある。その頭をオーバーホールするか、みんなを面倒に巻きこむ前にそのケツをかかえて退散《ホール》するか、どっちかだぜ」とハットが言った。

「みんなの手を借りなきゃいけねえな。車をうちまで押してくれ」とバクーは言った。

僕たちが車を押しながら花火技術者のモーガンの家の前を通ったとき、モーガン夫人が大声で言った。「あら、バクーの奥さん、あんたのところ、きょう新車を買ったんだねえ」

バクー夫人は答えなかった。

「ねえ、バクーの奥さん、おたくの亭主、その新車にあたしを乗せてくれるかしらね？」とモーガン夫人が言った。

「ええ、彼はあなたを乗せてあげると思うわよ。でも、あなたの亭主がロバの荷車を買って、あたしを乗せてくれるのが先ね」とバクー夫人は言った。

「おまえ、黙ってろ」とバクーが妻に言った。

「どうして黙ってろだなんて言うの？　わたしはあなたの妻よ。あなたに味方しなくちゃ」とバクー夫人が言った。

「おれが言ったときだけ、おまえはおれの味方をすりゃいいんだ、わかったか」とバクーがぴしゃりと言った。

僕たちはバクーの家の前に車を置いて帰った。夫妻は口げんかを続けていた。あまり面白いけんかではなかった。バクー夫人は夫の味方をする権利を主張しつづけ、夫のほうはその権利を否定しつづけた。しまいに、バクーは妻を殴らなければならなかった。それがまた、口で言うほど簡単なことではなかった。もしもバクー夫人の見かけを知りたければ、大きくした梨を思い描いてみればいい。実際、バクー夫人はとても肉づきがよく、両腕を体の横につけていると、その両腕はまるで丸括弧のように見えるのだった。

それに、彼女がけんかするときの声ときたら……。

「レコードをよ、反対向きにめちゃくちゃ速く回転させたら聞こえてきそうな音だよな」とハットはよく言っていた。

長いあいだ、バクーは妻をぶつのにムチを使っていたと思う。ひょっとしたらハットじゃなかっただろうか、クリケットのバットを使うのを勧めたのは。とにかく誰の提案にせよ、クイーンズ公園のオーヴァル球技場のグラウンド整備係から買った中古のバットに油が塗られ、バクー夫人に使われることになった。

「あの女に本当に効き目があるのは、あのバットくらいのもんだぜ」とハットは言った。

この件に関していちばん奇妙だったのは、バクー夫人本人がバットをきれいにし、油をよく塗りこんでいたことだった。ボイーは何度もバットを借りようとしたけれど、バクー夫人は一度も貸してくれなかった。

＊

とにかく、車がバクーの上に落ちた日の夜、僕は彼が働いているところを見に行ったのだった。

「カタカタいってるタペットのことを何か言ってたよな?」と彼が言った。

「何も言ってないよ」と僕は言った。「そうじゃないのって訊いたんだよ」

「そうか」

バクーはエンジンを取り外して、その晩遅くまで働いた。翌日の日曜日は一日じゅう、晩もずっと働いた。月曜日の朝に、整備士がやって来た。

「会社が整備士をよこしてきたのよ。トリニダードの整備士の困ったところは、車のイロハも知らない、まだおねしょしているような子ばかりだってことなのよね」とバクー夫人が母さんに言った。

僕はバクーの家に行ってみた。整備士がボンネットの下に頭を突っこんでいるのが見えた。バクーは車の踏み板に座って、整備士が手わたす部品の一つひとつに潤滑油《グリース》を塗っていた。潤滑油に指をつけている様子があまりに楽しそうだったので、僕は頼んだ。

「僕にも潤滑油をちょっと塗らしてよ、バクーおじさん」

「あっちに行ってな、坊主。おまえはまだ小さすぎるぜ」

僕は座って、バクーを見ていた。

「タペットはカタカタしてたけど、おれが直したよ」と彼は言った。

「よかったね」と僕は言った。

整備士が悪態をついていた。

「ポイントはどう？」と僕はバクーに訊ねた。

「調べてみなきゃいかんな」と彼は言った。

僕は立ち上がると車をぐるりと回り、踏み板に座っていたバクーの隣に腰かけた。

僕は彼を見て言った。「あのさ」

「何だ？」

「土曜日にエンジンの音を聞いたときにさ、あんまりいい響きじゃないなって思ったんだ」

「おまえ、きっとすごくかしこくなるぞ。覚えがいいからな」とバクーが言った。

「おじさんが教えてくれたからね」と僕は言った。

実のところ、僕の知識はせいぜいその程度だった。カタカタいうタペット、ポイント、エンジンの響き――ああそうだ、ひとつ忘れていた。

「ねえ、バクーおじさん」と僕は言った。

「どうした、坊主？」

「バクーおじさん、キャブレターだと思うよ」

「ほんとにそう思うか？」

「きっとそうだよ、バクーおじさん」

「そうか、実を言うとな、おれが整備士に最初に訊いたのもそのことよ。やつはそうは思ってねえみたいだけどな」

整備士はエンジンから汚れた顔を上げ、怒った顔つきで言った。「あんたらみたいに何も知らねえ人間が、白人が自分の手を汚して作ったエンジンをあれこれいじってよ、こうなるのは目に見えてるじゃねえか？」

バクーが僕にウインクした。

「おれはキャブレターだと思うな」と彼は言った。

＊

どんな試運転よりも、僕はキャブレターの試運転が好きだった。ときには、バクーがエンジンをふかすあいだ、僕は手のひらをキャブレターにくっつけたり離したりした。どうしてこんなことをするのかバクーが説明してくれたことはなかったし、僕も理由を訊ねたことはなかった。ときには、タンクから吸い上げたガソリンを僕がキャブレターに注いでいるあいだに、バクーがエンジンをふかすこともあった。僕にもエンジンをふかさせてよ、としばしば頼んでみたけれど、一度もうんとは言ってもらえなかった。

ある日エンジンが発火して、僕はすんでのところで飛びのいた。火はすぐに消えた。

バクーは車から出てくると、わけがわからないという表情でエンジンを見た。苛立っているようで、その場でただちにエンジンをばらばらにしそうな剣幕だった。

それを最後に、僕たちがキャブレターの試運転をすることはなくなった。

*

ようやく整備士はエンジンとブレーキをテストした。それから言った。「これで車はばっちしよ。新しい車を作るよりも大変だったぜ。もうこいつをいじったりするんじゃねえぞ」

整備士が帰ると、バクーと僕はあれこれ考えながら車の周囲を二、三度回った。バクーはあごをなでているだけで、僕には何も言わなかった。

突然、彼は運転席に飛び乗ると、何度かクラクションを鳴らした。

「クラクションをどう思う?」と彼が言った。

「もう一回鳴らしてよ」と僕は言った。

彼はもう一度鳴らした。

ハットが窓から顔を出して叫んだ。「バクー、そのくそったれの車を黙らせろ。結婚式でもやってるみたいな音を出しやがって」

僕たちはハットを無視した。

「バクーおじさん、クラクションの響きはいまいちだね」と僕は言った。

「ほんとにそう思うか?」と彼は言った。

僕はしかめ面をして、ぺっとつばを吐いた。

そういうわけで、僕たちはクラクションをいじりはじめた。

作業を終えたところで、僕たちはハンドルの支柱に短いコードが巻きついているのを見つけた。

バクーは僕を見て言った。「いいか、このワイヤーをな、金属の部分のどこにでもいいからくっつけてみろ。そしたらクラクションがいい音を出すはずだ」

そんなことはありえないように思えたけれど、彼が言ったとおりになった。

「バクーおじさん、どうしてそんなこと知ってるの?」と僕は訊いた。

「人はな、いつでも何かを学びつづけるんだ」と彼は言った。

＊

ストリートの面々はバクーのことが好きではなかった。バクーは面倒くさいやつだと思われていたのだ。でも僕は、大工のポポが好きなのと同じ理由でバクーのことが好きだった。いま考えてみると、バクーも芸術家だったのだ。彼は車が与えてくれる喜び、ただそれだけのために車をいじっていた。金のことなんてどうでもいいみたいだった。

でも妻は気をもんだ。彼女は僕の母さんと同じく、自分は生まれながらに金の扱いに長《た》け、無から金を生み出せると考えていた。

ある日、彼女はそうしたことを僕の母さんと話していた。

「最近じゃ、タクシーが儲かるのよ。アメリカ人とそのガールフレンドをいろんなところに連れていくからね」と母さんが言った。

それで、バクー夫人は夫にトラックを買わせたのだった。

このトラックは、本当にミゲル・ストリートの誇りだった。新車の大きなベッドフォードで、バクーがはじめてこの車に乗って帰ったとき、僕たちは総出で迎えた。ハットでさえ感心していた。「イギリス人に作ることができるもんがひとつだけあるとしたらよ」とハットは言った。「トラックだぜ。こいつはフォードともダッジともちがうからな」

その日の午後から早速、バクーは車をいじりはじめた。「ねえ、彼がベッドフォードの手入れをしているのを見にいらっしゃいよ」とバクー夫人はみんなに触れ回った。

バクーはときどきトラックの下から這い出してきては、泥よけとボンネットを磨いた。それからまたトラックの下にもぐりこんだ。でも彼はうれしそうには見えなかった。

翌日、ベッドフォードを買うための金を貸した人たちの代表が数名、バクーの家にやって来て、車をいじるのをやめてくれ、と懇願した。

バクーはトラックの下にずっともぐったまま、返事をしようとしなかった。債権者たちは怒りだし、泣きだす女もいた。それでもバクーは耳を貸そうとしなかった。結局、代表団は立ち去るほかなかった。

代表団が去ると、バクーは妻に八つ当たりしはじめた。妻を殴ると、彼は言った。

「おまえがトラックを欲しがったんだ。おまえだ。おまえだ。おまえが考えるのは金、金のことばかりじゃねえか。おまえのお袋そっくりだぜ」

でも彼が腹を立てていたのは、本当のところ、エンジンをもとの状態に戻すことができなかったからだった。部品が二、三個余ってしまい、どうしていいかわからなかったのだ。

代理店は整備士をよこした。

整備士はトラックを見て、バクーにとても穏やかに訊ねた。「どうしてベッドフォードを買ったんですか?」

「ベッドフォードが好きだからだよ」とバクーは言った。

「どうしてロールスロイスを買わなかったんだよ、このあんぽんたん。エンジンが開けられない車だって売ってるのによ」と整備士が叫んだ。

それから整備士は仕事に取りかかり、悲しそうに言った。「泣きたくなっちまうよなあ。こんなイカした、ピカピカの新車のトラックなのによ」

スターターは二度と動かなかった。それで、バクーはつねにクランクを使わなくてはならなかった。

「まったく、ええ恥さらしだな。見た目もにおいも新車のトラックだぜ。何もかもピッカピカで、シャーシにはまだあっちこっちチョークの印とかついててよ。それをあの野郎、どっかのぽんこつフォードみたくクランクで動かしてんだぜ」とハットが言った。

けれど、「クランク一発でエンジンがかかるのよ」とバクー夫人は自慢した。

ある朝――土曜日で、市場の日だった――バクー夫人が泣きながら母さんのところにやって来た。「彼が入院したのよ」と彼女は言った。

「事故？」と母さんが訊いた。

「彼は市場の外でクランクを回していたのよ。クランク一発でエンジンはかかったの。でもギアが入ってて、彼ったらほかのトラックとのあいだにはさまれちゃったのよ」とバクー夫人は言った。

バクーは一週間入院した。

トラックを所有していたあいだずっと、彼は妻を憎み、ことあるごとにクリケットのバットで殴った。けれど、彼女もやり返していた。その舌で。この勝負で負けていたのは、本当はバクーのほうだったのだと思う。

トラックを庭にバックで入れるのは難しく、夫を誘導するのがバクー夫人の仕事でもあり喜びでもあった。

ある日、彼女は言った。「いいわよ、あなた、バック、バック。少し右にハンドルを切って、いいわよ、そのままね。あら、まあ！　だめ、だめ！　ストップ！　塀を倒しちゃうじゃない」

バクーは突然怒り狂った。彼が車を激しくバックさせたので、コンクリートの塀にひびが入った。それから妻の悲鳴を無視して、車をすごい勢いで前進させたかと思うと、またバックさせ、塀を全部なぎ倒してしまった。

バクーは怒り狂っていて、妻が外で泣いているのをしり目に小さな自室に入った。上半身裸になってベッドに飛び乗り、うつぶせの姿勢で『ラーマーヤナ』を読みはじめた。トラックで金儲けはできなかった。けれど、少しでも稼ごうと思うのなら、積み荷係が必要だった。バクーは、グレナダの小さな島出身の体格がいい黒人を二人雇った。グレナダ人がポート・オブ・スペインに大挙して押し寄せてきはじめていたころだった。彼らはバクーを「ボス」、バクー夫人を「マダム」と呼んだ。それは結構なことだった。でも、埃まみれのぼろぼろの服にぺちゃんこのフェルト帽姿の彼らが、トラックの荷台で幸せそうに大の字で寝そべっているのを見かけるたびに、自分たちがどれだけ不安の種をまき、自分たちの立場がどれだけ不確かなものなのかわかっているのかな、と僕は思ったものだ。

いまやバクー夫人が話すのは、この二人の男のことばかりだった。

嘆き節で母さんに言ったものだ。「あさって、積み荷係に支払いをしなきゃいけないの」二日後にはきまってこう言うのだ。まるで世界が終末を迎えたかのように。「きょう、積み荷係に支払いをしたのよ」それから間をおかずして、また母さんのところにやって来て、つらそうに言うのだ。「あさって、積み荷係に支払いをしなきゃいけないの」積み荷係への支払い――数ヶ月のあいだ、その話しか聞かなかったような気がした。この言葉はストリートじゅうに知れわたり、決まり文句になった。

土曜日になると、ボイーはエロルに言った。「おい、ロクシーに一時半の映画を見に行こうぜ」

すると、エロルはポケットをひっくりかえして言うのだった。「だめだ、行けねえよ。積み荷係に支払ったからな」

「バクーのやつ、まるで積み荷係に支払いをするためだけにトラックを買ったみてえじゃねえか」とハットが言った。

結局、トラックは姿を消し、積み荷係も消えた。彼らがその後どうなったのかは知らない。バクー夫人は、トラックが金になりはじめたちょうどそのころにトラックを売った。彼らはタクシーを買った。そのころにはすでに競争は激しくなっていて、タクシーは八マイルを十二セントの料金で走っていた。なんとかオイル代とガソリン代がまかなえるというところだった。

「タクシーは儲からないわ」とバクー夫人は母さんに言った。

そこで、彼女はもう一台タクシーを買って、運転手を雇った。「一台よりは二台のほうがいいのよ」と彼女は言った。

バクーはますます『ラーマーヤナ』を読むようになった。

そして、それさえもがストリートの人たちを苛立たせはじめた。

「あいつら二人のやりとりを聞いてみろよ。嫁さんはあの声だろ。で、野郎はあのくそったれのヒンドゥーの歌を歌ってやがんだぜ」とハットは言った。

こんな情景を思い浮かべてほしい。すごく背が低くて、すごく太ったバクー夫人が、庭の水道のところで大声をあげ、夫に向かって金切り声で叫んでいる。夫のほうは、上半身裸でベッドに腹ばいになって、『ラーマーヤナ』を物憂げに朗誦している。突然夫は飛び起き、部屋の隅のクリケットのバットをつかむ。外に飛び出して、そのバットで妻を打ちはじめる。

そのあと、数分間の沈黙が続く。

それからバクーの声だけが聞こえてくる。『ラーマーヤナ』を独唱しているのだ。

*

けれど、バクー夫人が夫に抱いている誇りを失ったとは考えないでほしい。バクー夫人とモーガン夫人がやりあうのを聞いていれば、バクーは依然として妻にとっては君主であり支配者であることは、火を見るより明らかだった。

「きのうの晩、おたくの亭主が寝ながらしゃべっているのが聞こえたわよ。ものすごく大きな声だったわね」とモーガン夫人は言った。

「話してたんじゃないの」とバクー夫人は言った。「歌っていたのよ」

「歌ってた？　ははは！　あのね、バクーの奥さん」

「何よ、モーガンの奥さん？」

「もしもおたくの亭主が食べるために歌わなくちゃいけないとしたら、あんたたち二人とも飢え死にね」

「彼はこのストリートの無知な男たちよりも、ずっとずっとたくさんのことを知っているのよ。彼は読み書きができるのよ。英語とヒンディー語よ。『ラーマーヤナ』が聖なる書物だってこともわからないなんて、あなた、なんて無知なのかしら。もしも彼が歌っているすばらしいことが理解できてたら、そんなたわごとは言わないでしょうけどね」

「ところで、おたくの亭主、今朝はどうしてるのよ？　最近は新しい車を修理してないの？」

「こんなところであなたと議論しててもしょうがないわ。彼は車をどう修理すればいいかちゃんとわかってるの。おたくのご亭主に、どこで花火もどきを修理したらいいか教えてあげる人がいないなんて、ほんと不思議よね」

＊

バクー夫人は、バクーが『ラーマーヤナ』を月に二、三度は読むのだとよく自慢していた。「暗記している部分もあるのよ」

でも、そんなことはほとんど慰めにもならなかった。金儲けには結びつかなかったからだ。彼女が二台目のタクシーの運転手として雇った男は、金をごまかしていた。「あいつ、大泥棒もいいところよ。タクシーは金にならないから、いまじゃあたしのほうがあいつに借金があるなんて言うのよ」と彼女は言った。そして、運転手をクビにして、車を売った。

バクー夫人は金の匂いのすることならどんなことでも試みた。めんどりを飼いはじめたけれどすぐだめになった。めんどりは次々と盗まれ、残りも野良犬に襲われてしまったからだ。いずれにしても、バクーはめんどりのにおいが大嫌いだった。バクー夫人はバナナとオレンジを売りはじめたけれど、そのことで得られるわずかばかりの金のためというよりは、自分自身の楽しみのためにやっていた。

「バクーは外に出て仕事をすればいいのに」と母さんが言った。

「あなたはどうしてそう思うのよ?」とバクー夫人が言った。

「あたしの問題じゃないさ。あんたのことを考えてんのよ」と母さんが言った。

「ポート・オブ・スペインにいるぶしつけでぞんざいな人たちと、彼がいっしょに働いているところなんて想像できる?」とバクー夫人が言った。

「でも、バクーだって何かしないとね。自動車の下にもぐりこんだり『ラーマーヤナ』を歌ったりしてる人を見るためにお金を払ってくれる奇特な人なんていないんだからさ」と母さんが言った。

バクー夫人はうなずいた。悲しそうに見えた。

「あれ、あたし、いまなんて言った？　バクーはほんとに『ラーマーヤナ』を知ってるのかい？」と母さんは言った。

「たしかよ」

「だったら簡単、簡単。バクーはカーストがバラモンで、『ラーマーヤナ』を知ってるんだろ。しかも車も持ってる。簡単に先生《バンディット》になれるよ。正真正銘、本物の先生にね」

バクー夫人は思わず手を打った。「最高の思いつきよ。最近じゃ、ヒンドゥーの先生は大儲けしてるものね」

かくしてバクーは先生になった。

＊

バクーはそれでも車いじりを続けた。夫人をクリケットのバットで殴るのはやめなければならなかったけれど、幸せだった。

哀れなヒンドゥー教徒たちが悩める魂を癒《い》やしてもらおうと待っているのに、クランク軸の状態を見ようと車の下に這っていく、ドーティ姿のバクー先生のイメージが、僕の脳裏から離れなかった。

14　念には念を

一九四七年になってようやく、ボーロは戦争が終わったことを信じる気になった。それまでは、「なにもかもプロパガンダだぜ。黒人をだまそうってんだ」と言いつづけた。一九四七年に、アメリカ人はジョージ五世公園のキャンプをたたみはじめ、多くの人がそれを悲しんでいた。

ある日曜日、僕はボーロに会いに行った。僕の髪を切りながら彼は言った。「戦争が終わったってな」

「そうらしいね。でもまだ信じられないなあ」と僕は言った。

「おまえの言いたいことはわかるぜ。連中はプロパガンダの名人だからな。でもな、おれはこう見てる。もしもまだ戦ってるんだったらよ、キャンプは置いときたいだろうってな」とボーロは言った。

「でもキャンプ、なくなりはじめてるね」と僕は言った。

「そのとおりだ。二と二をあわせるといくつになる？　え、いくつだ？」と彼は言った。

「四」と僕は言った。

少しのあいだもの思いにふけりながら、彼は僕の髪を刈った。

「戦争が終わってうれしいよ」と彼は言った。

散髪代を払うときに僕は言った。「これから僕たちどうしたらいいだろうね、ボーロさん？　お祝いすべきなのかな？」

「待ってくれ。もうちっと待ってくれ。これはでっけえ問題だからよ。よく考えねえとな」と彼は言った。

そして、この話はそれっきりになった。

*

平和のニュースがポート・オブ・スペインに届いた夜のことを僕は覚えている。人々はとにかく興奮して、街じゅうがカーニバル状態になった。カリプソの新曲がどこからともなく生まれた。誰もが通りでこの曲に合わせて踊っていた。

毎日毎晩、メアリー・アンお嬢さんよ
川岸で男遊びときたもんよ

ボーロは踊り手たちを見て言った。「馬鹿だ！　馬鹿だぜ！　どうして黒人はこんなに馬鹿なんだよ！」

「でも聞いたでしょ、ボーロさん？　戦争は終わったんだよ」

彼はぺっとつばを吐いた。「どうしてわかんだよ？　おまえ戦ってたのかよ？」

「でもラジオで言ってたし、新聞にも書いてあったよ」

ボーロは笑った。「これだから、まだほんの小僧っ子だってみんなに思われるわけだ。こんなに体はでかくなったのに、新聞に書いてあることなら何でも信じてるってのか？」と彼は言った。

これはボーロの口癖だった。ボーロは六十歳で、彼が発見した唯一の真理は、「新聞に書いてあることなんざ、何も信じちゃいけねえ」ということのようだった。

これがボーロの哲学のすべてだったけれど、そのせいで彼は幸せになれなかった。ストリートでもっとも悲しい男だった。

ボーロは生まれつき悲しい人だったのだろう。たしかに、あざけり笑っている場合を除けば、笑うのを一度も見たことがなかった——僕は十一年ものあいだ、少なくとも毎週一回は彼を見ていたというのに。彼は背が高かった。やせてはいなかった。悲しさを絵に描いたような表情をしていた。口は下向きに曲がり、眉毛も下向きに垂れ、大きな目には感情がなかった。

彼が散髪屋をやめたあともどうにか生活できていたのは、僕にとっては驚きだった。国勢調査があれば、おそらく彼は運搬人と記載されるのだろう。でもあんな小さな荷車は見たことがない。

荷車は、小さな箱に車輪が二つついているだけの代物で、ボーロはそれを自分で押した。長身の体からはあきらめとむなしさばかりが感じられて、そもそもどうして荷車を押しているんだろうといぶかしく思えるのだった。この荷車では、小麦や砂糖の袋を二、三個運ぶのがやっとだった。

日曜日になると、ボーロはふたたび散髪屋に戻った。もしも彼が誇りにしているものがあるとしたら、それは散髪の技術だった。

「おまえ、サミュエルのこと知ってるか?」とボーロは僕によく言った。

サミュエルは、近所でいちばん繁盛している散髪屋だった。すごく金持ちで、毎年一週間も休暇を取っていた。そして、そのことをみんなに知ってもらいたがっていた。

「うん。サミュエルなら知ってるよ。でも、あいつには髪を刈ってもらいたくないな。髪の切り方を知らないからね。トラ刈りにされちゃうんだ」と僕は言った。

「サミュエルに散髪のイロハを誰が教えてやったか知ってるか?」とボーロは言った。

僕は首を振った。

「おれだよ。おれがサミュエルに教えてやったんだ。散髪屋を始めたころはよ、やつは自分のヒゲも剃れなかったのよ。泣きながらやって来てよ、おれに頼んだんだ。『ボーロさん、ボーロさん、おれに髪の切り方を教えてください。お願いします』ってな。それで、おれは教えてやったわけよ。で、いまどうなってるか見てみろ。サミュエルはがっぽり稼いでる。そんでおれは、いまでもこのぶっ壊れた古い家の一部屋に住んでるってわけさ。サミュエルは散髪用の部屋まで持ってやがる。ところがおれは外で、このマンゴーの木の下で散髪しなくちゃならねえんだ」

「でも、外は気持ちいいよ。暑い部屋のなかに座ってるよりずっといいもの。でもさ、どうして散髪屋をやめちゃったのさ、ボーロさん？」と僕は言った。

「は。そいつはでっけえ問題だな。実を言うとな、おれは自分が信じられなくなっちまったんだ」

「うそだよ。だって、すごく上手に髪を切るじゃない。サミュエルなんかよりずっとうまいよ」

「そういう意味じゃねえんだ。坊主、おまえの前の椅子に男がひとり座ってるとするだろ。おまえはその男のことが気に入らねえ。そして、おまえは手に剃刀《かみそり》を持ってんだ。おもしれえことがいっぱい起こりそうじゃねえか。だからこのごろは、自分の気に入ってる連中の髪しか切らねえのさ。誰の髪でも切るってわけにはいかねえんだ」

＊

一九四五年に、ボーロは戦争が終わったことを信じなかったけれど、一九三九年には、戦争のことをもっとも心配していたうちのひとりだった。当時ボーロは、『トリニダード・ガーディアン』『ポート・オブ・スペイン・ガゼット』『イブニング・ニュース』と、ポート・オブ・スペインの三紙すべてを買っていた。戦争になって、『イブニング・ニユース』が戦況報告の号外版を出しはじめると、それも買った。

その当時、ボーロは言っていた。「人をもて遊ぶことを何とも思わねえ連中がたくさんいるんだ。おれたちが貧乏だから何も知らねえと思ってやがる。だがな、いいか、おれはそうじゃねえ。毎日こうして座って、新聞をかかさず読んでるからな」

なかでもとりわけ、ボーロは『トリニダード・ガーディアン』に関心があった。毎日、二十部ずつほど買っていた時期もあった。

『ガーディアン』では「消えたボール競争《コンテスト》」をやっていたのだ。試合中のサッカーの写真で、そこからボールを消したものが載っていて、大金を稼ぐためには、ボールがもとあった場所を当てて、×印をつけるだけでよいのだった。

消えたボールを見つけることが、ボーロの情熱のひとつになった。

最初のころは、×印をつけたものを一週間にひとつ『ガーディアン』に送るだけで満足していた。

僕たちは毎週、ボーロの「消えたボール競争」で盛り上がった。

「ボーロ、おまえ、ひと山当てたら、ぜったいおれたちのことなんてみんな忘れちまうぜ。ミゲル・ストリートから出ていってよ、セント・クレアにでっけえ家を買うんだろ、え?」とハットは言っていたものだ。

「いいや。おれはトリニダードなんかにいたくねえよ。きっとアメリカに行くだろうな」とボーロは言った。

ボーロは×印をつけたものを二つ送るようになった。それから三つ、四つ、六つ。彼は一ペンスも稼げなかった。彼はほとんどいつでも怒っているようになった。

「とんだ馬鹿騒ぎだぜ。新聞の連中、今週は誰が勝つのか、ずっと前から決めてんだ。黒人から金を巻きあげたいだけなんだぜ」と彼はよく言った。

「くじけちゃいけねえよ。がんばってまた挑戦しなきゃな」とハットが言った。

ボーロは方眼紙を買ってきて、それを「消えたボール」の写真に重ね合わせた。そして、縦線と横線が交わる箇所すべてに×印をつけた。これを漏れなく実行するために、ボーロは毎週『ガーディアン』を百部から百五十部ほど買わなければならなかった。ときには、ボイーとエロルと僕を呼んで言ったものだ。「さあ、坊主たち、どこに消えたボールがあると思う?　さあ、目を閉じてこの鉛筆で印をつけてくれ」

そしてときには、「今週はどんな夢を見たんだ?」と僕たちに訊くこともあった。

もしも夢なんて全然見なかったと答えると、ボーロはがっかりするようだった。僕はしょっちゅう夢をでっちあげた。ボーロはそうした夢を、消えたボールとの関連で解き明かそうとした。

ボーロは「消えたボール」と呼ばれはじめた。

「消えたボールの野郎を見ろよ」なんてハットは言ったものだ。

ある日、ボーロは『ガーディアン』の編集局に行き、警察に通報される前に副編集長を殴った。

法廷でボーロは言った。「ボールは消えてなんかいないんです。最初からそんなものなかったんです」

ボーロは二十五ドルの罰金を科された。

『ガゼット』がこの話を記事にした。

消えたボール事件
ファウルにペナルティー

ボーロは消えたボールを見つけるのに合計で三百ドルほど費やしたけれど、残念賞さえもらえなかった。

ボーロが散髪屋をやめ、『ガーディアン』を読むのもやめたのは、裁判ざたから間もないころだった。

ボーロがどうして『イブニング・ニュース』を読むのをやめたのか、いまでは思い出せない。けれど、『ガゼット』を読むのをやめた理由は知っている。

戦争中、ポート・オブ・スペインは深刻な住宅不足になった。一九四二年に、とある慈善家が家のない人々を救済しようとした。共済住宅計画を始める、と彼は言った。この事業に参加したい人は二百ドルほどお金を預けなくてはならないが、一年ほどすれば、新しい家がただ当然で手に入るということだった。有力者の何人かがこの新しい計画に賛同し、事業の始まりに花を添えようと夕食会があちらこちらで催された。

計画は声高に宣伝された。家が五、六軒建てられ、夕食会に参加した人たちの何人かに与えられた。新聞は、鍵を差しこんでいる人や玄関の敷居をまたいでいる人の写真を載せた。

ボーロは『ガゼット』で写真と広告を見て、二百ドルを払いこんだ。

一九四三年に「共済住宅協会」の責任者が姿を消し、彼とともに二、三千軒の家も夢と消えた。

ボーロは『ガゼット』を読むのをやめた。

その年の十一月のある日曜日、髪を切ってもらおうとマンゴーの木の下で待っている僕たちに、ボーロが高らかに告げた。

「いまから大切なことを言うからな。神様、おれがもしも約束を破るくれえだったら、この目なんかつぶれちまったほうがいい。聞いてくれ。おれは新聞を読むのをやめる。いいか、もしかりに中国語を覚えたって、中国の新聞なんか読まねえぞ。新聞に書いてあることなんざ、何も信じちゃいけねえんだ」と彼は言った。

ちょうどそのとき、ボーロはハットの髪を切っていた。ハットはあわてて立ち上がって、その場を離れた。

「おれの考えはわかるだろ。ボーロに散髪してもらうのはもうやめねえとな。ここんとこ、あいつにはまじでびびらされるぜ」とハットはあとで言った。

僕たちはハットの決意について深く考える必要はなかった。というのも、数日後にボーロが僕たちのところにやって来て言ったからだ。「おまえら一人ひとりに会っておこうと思ってな。もうおまえらの顔も見おさめだからな」

すごく悲しそうに見えたので、彼が泣きだすのではないかと思った。

「今度は何をしようってんだ?」とハットが言った。

「この島とは永久におさらばだ。ここにはひでえペテン師しかいねえからよ」とボーロが言った。

「ボーロ、荷車もいっしょに持ってくのか?」とエドスが言った。

「いいや。どうしてだ、欲しいのか?」とボーロが言った。

「ここんとこ考えてたんだ。おあつらえむきの資材だなってさ」とエドスが言った。

「エドス、おれの荷車、持ってけよ」とボーロが言った。

「どこに行くんだよ、ボーロ?」とハットが言った。

「まあ、そのうちわかるぜ」とボーロは言った。

そしてその晩、ボーロは僕たちのもとを去った。

「ボーロ、イカレちまったのかなあ?」とエドスが言った。

「いいや。やっこさん、ベネズエラに行くんだな。だから言わねえんだ。ベネズエラの警察は、トリニダードの人間が来るのをいやがってるからよ」とハットは言った。

「ボーロっていいやつなのになあ。あいつがいなくなるなんて残念だな。おいら、ボーロが置いていった荷車を喜んで使いそうな連中をけっこう知ってんだ」とエドスが言った。

彼が去ったその晩、僕たちはボーロの小さな部屋に行き、使えそうなものを洗いざらい集めた。あまりたいしたものはなかった。オイルクロスが少しと、古い櫛が二つ三つ、それに鉈《なた》と長椅子。僕たちはみんな悲しかった。

「この国で、ボーロはかわいそうにまじでひどい扱いを受けてたんだ。おれは責めねえよ、去っていったあいつをさ」とハットが言った。

エドスはてきぱきと部屋じゅうを調べていた。「それにしても、ボーロのやつ、何もかも持っていったんだな」と彼は言った。

翌日、エドスが告げた。「なあ、あの荷車でおいらがいくら稼いだと思う？　二ドルだよ！」

「おまえ、ほんとにやることが早いな、エドス」とハットが言った。

そのあとで、ボーロその人がミゲル・ストリートを歩いてくるのが見えた。

「エドス、おまえ、困ったことになったぜ」とハットが言った。

「でも、あいつがおいらにくれたんだ。おいら、泥棒したわけじゃないよ」とエドスが言った。

ボーロは疲れ、いつにもまして悲しそうに見えた。

「どうしたんだ、ボーロ？　新記録だぜ。もうベネズエラに行って帰ってきたなんて言うなよ」とハットが言った。

「トリニダードのクソどもめ！　トリニダードのクソどもめ！　どうしてヒトラーはここまで来て、この島のクズ野郎どもに爆弾を落とさねえんだ。やつはまちがった連中に爆弾を落としてるぜ」とボーロが言った。

「ボーロ、まあ座れ。何があったのか話してくれよ」とハットが言った。

「まだだ。まずはじめに片づけなきゃならんことがある。エドス、おれの荷車はどこだ？」とボーロが言った。

ハットが笑った。

「おまえ、笑ってるけどな、ちっともおかしくないぞ。おれの荷車はどこだ、エドス？　あんな荷車を自分で作れるとでも思ってんのか？」とボーロが言った。

「あんたの荷車だって、ボーロ？　でもあんた、おいらにくれたんだろう」とエドスが言った。

「返してくれって頼んでんだよ」とボーロが言った。

「売っちゃったよ、ボーロ。ほら、それで二ドル儲けたんだ」とエドスが言った。

「それにしたって手が早いこったな」とボーロが言った。

エドスは立ち上がりかけた。

「エドス、ひとつだけおまえに頼みごとがある。なあエドス、二度とおれのところに散髪に来ないでくれ、わかったか。おれも自分がどうなるかわからないからな。それとな、とっととおれの荷車を買い戻してこい」とボーロは言った。

エドスはぶつぶつ言いながら立ち去った。「ふざけた世界だよ。小さな荷車がそんなにいいものだって思ってんだからな。おいらのでっかい青いゴミ収集カート並みにいいもんだって言うのかい？」

ボーロが言った。「ベネズエラまで連れてってやるって言って、金をふんだくりやがったあのクソ泥棒、つかまえたら思い知らせてやるぜ。野郎が何したか知ってるか？一晩じゅうモーターボートをあちこちに走らせてな、あげくの果てに、ベネズエラに着いたぞって言って、おれを沼地に降ろしやがったんだ。人を見かけたから、おれはスペイン語で話しかけたんだ。そしたら首を振って笑いやがる。どういうことかわかるか？あの野郎、おれをトリニダードに降ろしやがったんだ。ラ・ブレアから三、四マイルくらいのところによ」

「ボーロ、あんた、すごく運がよかったんだぜ。乗せたやつを殺して海に投げ捨てる連中だっているからな。ベネズエラの警察とはもめごとをおこしたくねえってんだな。ベネズエラに行くのはご法度だからよ」とハットは言った。

それ以後、僕たちはボーロの姿をあまり見かけなくなった。エドスはなんとか荷車を取り戻した。そして、ボーロのところに持っていってくれと僕に頼んだ。

「どうして黒人がこの世界でうまくやってけないのか、よくわかるよな。あいつ自身がおいらに荷車をくれたんだ。おまえもいただろ？　なのに、いまになって返せってんだからな。この荷車をあいつんところに持っていって、地獄に堕ちろ、ってエドスが言ってたって伝えてくれよ」とエドスが言った。

「エドスが、悪かったって荷車を返してきたよ」と僕はボーロに言った。

「黒人ってのがどんな連中か、これでわかるだろ。手を出すのだけは早いんだ。なのに、人にあげたいとは思わねえ。だから黒人はうまくやってけねえんだ」とボーロは言った。

「ボーロさん、僕も取っちゃったものがあるんだ。でも返すよ。オイルクロスだよ。僕、あれを取って、母さんにあげたんだ。でも、母さんが返してこいって」と僕は言った。

「いいってことよ。でもな坊主、ここんところ、だれがおまえの散髪をしてたんだ? 頭の上ににわとりが座ったみたいになってるじゃねえか」とボーロが言った。

「サミュエルが切ったんだよ、ボーロさん。でもあの人、散髪下手だよね。トラ刈りにされたの、わかるでしょ」と僕は言った。

「日曜日に来い。散髪してやる」とボーロが言った。

僕は返事をためらった。

「びびってんのか? 馬鹿なこと言うな。おれはおまえのことが気に入ってんだ」とボーロは言った。

それで、僕は日曜日に行った。

「学校のほうはどうだ?」とボーロが言った。

自慢したくはなかった。

「おれのためにやってもらいたいことがあるんだ。でも、おまえに頼んでいいものかどうかわからねえんだ」とボーロは言った。

「僕に言ってよ、ボーロさん。何でもするからさ」と僕は言った。

「いいや、気にするな。次におまえが来たときに言うよ」と彼は言った。

一ヶ月後、僕がふたたび散髪に行くと、ボーロは言った。「おまえ、字は読めるのか?」

安心して、と僕は請けあった。

「よし、おれがやってることは内緒だぞ。誰にも知られたくねえからな。秘密、守れるか?」と彼は言った。

「うん、守れるよ」と僕は言った。

「おれみたいな年寄りは生きがいがあんまりねえからな」とボーロは言った。「ひとりで生きているおれみたいな年寄りには、何か生きがいが必要なんだ。だからおれは、これからおまえに言うことをやってるってわけだ」

「それって何なの、ボーロさん?」

彼は僕の髪を切るのをやめて、印刷された紙を一枚、ズボンのポケットから取り出した。

「これが何だかわかるか?」と彼は言った。

「富くじ競馬の券だね」と僕は言った。

「そのとおり。おまえ、かしこいな。まさに富くじ競馬の券だ」

「でも、僕に何をしてもらいたいのさ、ボーロさん?」と僕は言った。

「まず、誰にも言わないって約束してもらわねえとな」と彼は言った。

僕は約束した。

「おれの番号が当たったかどうか、調べてもらいたいんだ」と彼は言った。

競馬は六週間後に行なわれた。僕はボーロの番号を探した。「ボーロさんの番号は当たってなかったよ」と僕は言った。

「二等賞もだめか?」と彼は言った。

僕は首を振った。

けれど、ボーロはがっかりしているようには見えなかった。「思ってたとおりだぜ」と彼は言った。

ほぼ三年のあいだ、これは僕たちだけの秘密だった。そのあいだずっと、ボーロは富くじ競馬の券を買いつづけ、一度も当たらなかった。誰も富くじ競馬のことは知らなかった。ハットやほかの人たちから「ボーロ、おまえでもできることがあるぜ。富くじ競馬をやったらどうだ?」と言われても、「そういうことはもうこりごりだぜ」と答えるのだった。

一九四八年のクリスマスの大会で、ボーロの番号が当たった。それほど高額ではなかった。三百ドルくらいだった。

僕はボーロの部屋に駆けつけて言った。「ボーロさん、当たったよ」

ボーロの反応は、僕が予想していたものとはちがった。「なあ坊主、おまえも長ズボンをはくようになったわけだ。けどな、おれを怒らせるんじゃねえぞ。さもねえと、こっぴどくぶん殴るぞ」とボーロは言った。

「でも本当に当たりなんだって、ボーロさん」と僕は言った。

「どうして当たりだってわかるんだ」と彼は言った。

「新聞で見たんだもの」と僕は言った。

その言葉にボーロは本当に怒って、僕のえり首をつかんだ。彼は叫んだ。「この役立たずの馬鹿野郎。新聞に書いてあることなんて何も信じちゃいけねえって、何度言ったらわかるんだ？」

それで僕はトリニダード競馬クラブに問い合わせた。

「本当に本当なんだって」と僕はボーロに言った。ボーロは信じようとしなかった。

「トリニダードの連中は、嘘ばっかしついてるからな。嘘ばっかしだ。嘘しか知らねえんだ。連中はおまえならだませるかもしれねえ。だがな、おれはだまされねえぞ」と彼は言った。

僕はストリートの面々に言った。「ボーロは完全にイカレてるよ。三百ドル当たったのに、信じたがらないんだ」

ある日、ボイーがボーロに言った。「なあボーロ、こないだ富くじ競馬が当たったんだってな」

ボーロは大声でわめきながら、ボイーを追いかけた。「この間抜け野郎。おまえのじいさんでもおかしくないような年寄りを馬鹿にしやがって」

そして、ボーロは僕を見かけると言った。「こうやっておまえは秘密を守るのか？こうやって秘密を守ってるってのか？　それにしても、おまえらトリニダードの連中はどうしてこうなんだ、え？」

それから、エドスの家まで荷車を押していった。「エドス、おまえ荷車が欲しいんだろ？　ほら、持ってけ」

そして、鉈で荷車をこなごなにしはじめた。

僕に向かってボーロは叫んだ。「やつら、おれをだませると思ってんだ」

そして、富くじ競馬の券を取り出してビリビリにひき裂くと、駆け寄ってきて僕のシャツのポケットにその紙切れを押しこんだ。

＊

そのあと、ボーロはあの小さな部屋にひとりで住みつづけた。めったに表に出てこなかったし、誰にも話しかけなかった。月に一度、老人年金をもらいに出かけた。

15　兵隊がやって来るまで

ハットの弟のエドワードは多才な人で、彼が僕たちから離れていってしまったことを僕はいつもさみしく思っていた。はじめて知り合いになったころ、エドワードはハットの牛の世話をよく手伝っていた。ハットのように、しっかりと地に足がついていて幸せそうに見えた。女にはもう二度と手を出さないと言い、クリケット、サッカー、ボクシング、競馬、闘鶏に熱中していた。こんなふうだったから、退屈するということがなく、自分を不幸にするような大きな野心も持っていなかった。

ハットと同じように、エドワードは美というものを重んじていた。けれど、ハットのようにきれいな羽の鳥を集めていたわけではなかった。エドワードの場合は絵だった。

お気に入りの主題は、黒い手を握っている茶色の手だった。そしてエドワードが茶色の手を描くとき、それはまぎれもなく茶色の手だった。光とか陰影とかいったたわごとはいっさいなし。海といえば青い海で、山といえば緑なのだった。

エドワードは自分の絵を台紙に貼り、赤い額縁に入れた。サルバトーリーズ、フォガティーズ、ジョンソンズといった大手デパートは、エドワードの作品を委託販売した。けれどストリートのみんなにとっては、エドワードはちょっとした危険人物だった。モーガン夫人が新しい服を着ているのを見ると、「モーガンさん、とてもすてきな服を着てるな。けどよ、おれならちょっと飾りを入れられると思うぜ」と言うのだ。あるいはエドスが新しいシャツを着ているのを見て、「おいおいエドス、新しいシャツを着てるじゃねえか。名前を書いとけよ。そうでないと、そのうち誰かにあっさり盗まれちまうぜ。そうだ、おれが名前を書いてやるよ」と言った。

こういうふうにして、多くの服が台無しにされた。

エドワードには、自分で模様を入れたネクタイを人にあげる癖もあった。「おまえにやりたいものがあるんだ。もらって使ってやってくれよ。おまえのことが気に入ってるからやるんだぜ」とよく言っていた。

そして、もしそのネクタイをつけていないと、機嫌を悪くして大声をあげはじめるのだ。「それにしてもよ、黒人がなんて恩知らずな連中なのかわかるってもんだ。聞いてくれよ。こいつ、ネクタイをつけてないんだぜ。おれはバスに乗って街まで行く。ジョンソンズまで歩いていって紳士物売り場を探す。売り子の娘に会ってネクタイを買う。バスに乗って戻ってくる。部屋に入って筆を取り、絵の具のフタを開ける。筆に絵の具をちょいとつけ、ネクタイに絵筆をふるう。そういうことをするのに、おれは二、三時間はかけてんだ。それなのに、肝心のこいつがおれのネクタイをつけてないんだぜ」

けれど、エドワードは絵を描く以外にもたくさんのことをした。

僕がストリートに来てからまだ月日がそれほど経っていなかったころのことだ。ある日、エドワードは言った。「昨日の夜、ココリトからバスで戻ってきたんだけどよ、バスのタイヤでカニの甲羅が割れる音ばっか聞こえてくんだよ。ココナッツの木が茂った、あの沼地は知ってるだろ？　あそこにはとにかくカニがうようよしてるんだ。ココナッツの木に登るカニまでいるって話だぜ」

「カニは満月にたくさん出てくるからな。今晩行って、エドワードの見たカニを捕まえようぜ」とハットは言った。

「おれもそう言おうと思ってたところさ。ガキどもも連れていこう。カニがうじゃうじゃしてるから、あいつらでもどっさり捕まえられるぜ」とエドワードは言った。

そういうわけで、僕たち子どもも誘われた。

「ハット、考えてたんだけどよ。シャベルを持っていくと、カニを捕まえるのがずっと簡単なんじゃねえのか。とにかくうじゃうじゃいるから、ただすくいあげりゃいいんだぜ」とエドワードは言った。

「そうだな。牛小屋のシャベルを持っていこう」とハットは言った。

「じゃそれで決まりだ。ところで、おまえら丈夫な靴は持ってるか？　丈夫な靴を履いてこいよ、いいな。あそこのカニはただやたらとでかいだけじゃねえんだ。用心してねえと、何が起こったのかわからねえうちに、やつらに足の親指を持ってかれちまうからな」

「牛小屋を掃除するときに使ってるすね当てを、おれはつけることにするぜ」とハットは言った。

エドワードは言った。「それと手袋もしなくちゃな。ある日カニを獲ってたら、突然右手が自分から離れて歩きはじめるのを見たって男がいるらしいぜ。もう一度よく見ると、四、五匹のカニが右手を運んでたんだとよ。男は跳び上がって、大泣きしはじめたって話だ。だから、おれたちも用心しねえとな。おまえたちガキもよ、もし手袋を持ってねえなら、手に布くらいは巻いとけ。それで大丈夫だろうぜ」

というわけで、その夜遅く、僕たちはそろってココリト行きのバスに乗りこんだ。ハットとエドワードはすね当てをつけ、残りの連中は鉈《なた》と大きな茶色の袋を持っていた。ハットが持ってきたシャベルはまだ牛小屋のにおいがして、乗客たちは鼻にしわを寄せはじめた。

「嗅がせときゃいいんだ。牛が乳を出すときにゃ、どいつもこいつも欲しがるくせによ」とハットは言った。

すね当てと鉈、シャベルと袋を見ると、乗客たちはさっと目をそらした。おしゃべりがぴたりとやんだ。運賃を払えと車掌は僕たちに言わなかった。エドワードがしゃべりはじめるまで、バスのなかは静まりかえっていた。

「鉈はなるべく使うんじゃねえぞ。殺すのはまずいぜ。なるべく生け捕りにして袋に入れんだぞ」とエドワードは言った。

次の停留所でたくさんの人が降りた。バスがムキュラーポ通りにさしかかるころには、乗っているのは僕たちだけだった。車掌はバスのいちばん前に立ち、運転手に話しかけていた。

あと少しで終点のココリトというときに、「あ、いけねえ。何か忘れてると思ったんだ。獲ったカニを全部バスで持って帰るってのは無理だよな。ちょっくら行って、電話でバンを手配してくるぜ」とエドワードは言った。

終点のひとつ前の停留所でエドワードは降りた。

僕たちは明るい月の光の下を歩き、やがて道からそれて沼のほうへと下りていった。物憂い風が海から吹いていて、あたりには塩水のむっとするにおいがたちこめていた。ココナッツの木の下は暗かった。僕たちはさらにもう少し進んだ。雲が月を隠し、風がやんだ。

「おまえら大丈夫か？　足元に気をつけんだぞ。誰かの足の指が三本になって帰るなんざ、ごめんだからな」とハットが大声で言った。

「けど、カニなんてどこにもいないぜ」とボイーが言った。

十分後、エドワードが加わった。

「何袋いっぱいにしたんだ？」と彼は言った。

「同じ考えの連中がわんさかいて、カニをすっかり獲っていっちまったみたいだぜ」とハットは言った。

「馬鹿言うな。月が見えてねえじゃねえか。月が出てカニが出てくるまで待たねえとな。座れよ、坊主ども。待とうぜ」とエドワードは言った。

三十分ほど、月は雲に隠れたままだった。

「寒くなってきたし、家に帰りてえよ。カニがいるなんて思えねえもん」とボイーが言った。

「ボイーの言うことなんて気にしちゃいけないぜ。こいつのことはよくわかってんだ。暗いのが怖いだけなのさ。それに、カニにはさまれやしないかとびくついてんだぜ」とエロルが言った。

このとき、遠くのほうでガタガタという音が聞こえた。

「バンが来たみたいだぜ」とハットは言った。

「本当はバンじゃねえんだ。サムのところの大きなトラックを頼んだんだ」とエドワードが言った。

僕たちは黙りこみ、月が現われるのをじっと座って待っていた。そのとき、懐中電灯が十個ほど僕たちのまわりで一斉に光った。「手荒なことはこちらもしたくない。だがな、ひとりでも変な真似をしてみろ、ぶちのめされることになるぞ」と誰かが叫んだ。

警官隊と思しき男たちに僕たちは取り囲まれていた。

ボイーが泣きだした。

「女房を殴る野郎もいれば、人様の家に押し入る連中だっているんだぜ。おまわりさんたちよ、もっとまともなことはできねえのか、たまにはよ」とエドワードは言った。

「黙れ。口のなかにツバでも吐いてやろうか」と警官のひとりが言った。

「その袋のなかには何が入ってるんだ?」と別の警官が訊いた。

「ただのカニだよ。でも気をつけてくれよ。でっけえカニだから、あんたらの手なんてちょんぎっちまうぜ」とエドワードは言った。

誰も袋の中身を覗かなかった。そして、袖章をたくさんつけた男が言った。「近ごろはどいつもこいつも悪ぶりやがる。言い訳だけはうまくなりやがって。アメリカ人連中みたいにな」

「こいつら、袋に鉈、シャベルに手袋を持ってるぜ」と警官のひとりが言った。

「おれたちはカニを捕まえてたんだよ」とハットは言った。

その警官は言った。「シャベルでか? おまえ、突然神様になって、シャベルで捕まえられるようなカニを造ったってのか?」

信じてもらうには、長いこと説明しなければならなかった。

「おまえたちが誰かを殺そうとしているって電話で通報してきた馬鹿野郎を、まじでとっ捕まえてやりたいぜ」と責任者の警官は言った。

そして警官たちは去っていった。

もう夜も遅く、最終バスの時間はとっくに過ぎていた。

「エドワードが頼んだトラックを待たなきゃいけねえな」とハットは言った。

「どういうわけだか、トラックは来ねえ気がするぜ」とエドワードは言った。

ハットはとてもゆっくりと、半分は本気、半分は笑いながら言った。「エドワード、おまえはおれの弟だ。けどな、おまえは本当のろくでなしだよ」

エドワードは腰を下ろして、げらげら笑いつづけた。

＊

そして、戦争がやって来た。ヒトラーはフランスを侵略し、アメリカ人はトリニダードを侵略した。侵略王《ロード・インベーダー》のカリプソが人気を博した。

満ち足りてもの静かな女房といっしょに暮らしてたのさ
兵隊がやって来て、おいらの生活をぶちこわすまではさ

トリニダードでははじめて、誰もが仕事にありつくことができた。それに、アメリカ人は気前よく金を払った。侵略王は歌った。

父さん、母さん、娘さん
みんなアメリカドル欲しさに働いてるぜ！
島に金があるなんて！
ああ、アメリカドルさまさまだぜ！

エドワードは牛小屋の世話をやめ、チャグアラマスのアメリカ人のところで働きはじめた。

「エドワード、そんなことをするなんて、おまえ馬鹿だぜ。アメリカの連中はここにずっといるわけじゃねえんだ。稼ぎのいい遠くの仕事にありついたはいいが、三、四年

後には食うものにも困るなんて、そんなの意味ねえじゃねえか」とハットは言った。「この戦争はずいぶん長びきそうな気配だぜ。それに、アメリカ人はイギリス人とはちがうんだ。えらく働かされるのはたしかだけどな、そのぶん、払いもいいからな」とエドワードは言った。

エドワードは自分の牛をハットに売った。それが、僕たちから離れていくはじまりだった。

エドワードはアメリカ人に惚れきっていた。服装がアメリカ風になりはじめた。ガムをかむようになり、アメリカ訛りでしゃべろうとした。日曜日以外には姿を見かけることはほとんどなくなり、会えば会ったで、僕たちは自分がちっぽけで劣った人間に感じられてしまうのだった。エドワードは着る服にやかましくなり、首に金の鎖をつけはじめた。テニス選手がするみたいに、手首にストラップをつけはじめた。このストラップは、ポート・オブ・スペインの粋な若者のあいだでちょうど流行しはじめていたのだ。

エドワードは絵をあきらめてはいなかった。けれど、絵を描いてやると僕たちに言ってくることはもうなかった。ほとんどの人は安堵したのではないかと思う。彼はポスターのコンペに参加した。けれど、作品が残念賞すら取れなくて、トリニダードに本気で腹を立てるようになった。

ある日曜日に彼は言った。「自分の手で描いたものをトリニダードの連中に送って審査してもらおうなんて、おれもどうかしていたぜ。連中に何がわかるってんだ？　もしこれがアメリカだったら事情はちがうんだろうけどな、まったくよ。アメリカの連中はまともだからな。連中は道理ってもんがわかってるぜ」

エドワードがしゃべっているのを聞くと、アメリカは巨人の住む巨大な国のように感じられた。広大な家に住んでいて、世界でいちばん大きい車を運転しているのだ。

「ミゲル・ストリートを見てみろよ。アメリカにこんなに狭っちい通りがあると思うか？　アメリカだったら、このストリートが歩道だって言ってもとおるかもな」とエドワードはよく言っていた。

ある晩、僕はエドワードとドックサイトにあったアメリカ軍キャンプに向かって歩いていた。有刺鉄線のあいだから、野外映画の巨大なスクリーンが見えた。

「トリニダードみたいなクソちいせえ場所にやって来て、こんな映画館を作るんだぜ。アメリカで連中が持ってるものを想像してみろよ」とエドワードは言った。

それからもう少し行くと、詰所があって哨兵が一人立っていた。

「どうだい、相棒？」と、エドワードは精いっぱいのアメリカ訛りを使って言った。

驚いたことに、ヘルメットをかぶって厳めしく見えるその哨兵は言葉を返してきた。そしてエドワードと哨兵はしゃべり続けた。二人とも相手以上に下品な言葉を使おうと必死だった。

ミゲル・ストリートに戻ってくると、エドワードは肩をいからせはじめ、僕に言った。「連中に言ってやれよ。おれがアメリカ人とどれだけうまくやってるかってな」

そしてハットといっしょにいるときに、エドワードは言った。「あるアメリカ人――すんげえいいダチなんだけどよ――とこないだの夜しゃべってたんだ。それでそいつがな、アメリカが参戦すれば戦争なんざすぐに終わるって言ってたぜ」

「そう、や、っ、て、戦争に勝ちたいわけじゃないだろ。アンソニー・イーデン卿が首相になったら、戦争なんてあっという間に終わっちまうよ」とエロルは言った。

「黙っとけ、ガキ」とエドワードは言った。

けれど最大の変化は、エドワードが女のことを口にしはじめたことだった。それまでは、女とはもういっさい関わらないと言っていたのだ。ずっと昔に失恋したことがあって、それで誓いを立てたのだと公言していた。つかみどころのない悲劇的な話だった。

けれどいままでは、日曜になるとエドワードは言っていた。「基地にいる女たちを見てみろよ。もちろん、そこらのお馬鹿なトリニダードの娘とは大ちがいだぜ。ちがうんだよ、相棒。品のある娘、本当にとびっきりの娘なんだぜ」

「そんなこと、あんたには関係ないだろ。そういう娘たちはあんたなんか相手にしないもんな。連中はでっかいアメリカ人が好みなのさ。あんたは安全ってわけだよ」と言ったのはエドスだったと思う。

エドワードはエドスをちび呼ばわりし、ぷりぷりしながら立ち去った。

エドワードは重量挙げを始めた。ここでもまた、流行の最先端を走っていた。その当時のトリニダードで何があったのかは知らない。けれど、若い男という男が、美しい肉体という考えに突如夢中になり、体型コンテストが毎月のように行なわれるようになったのだ。「気にすんなよ。しょせん、いっときの流行《はや》りってやつにすぎねえぜ。とにかく筋肉を鍛えるんだって連中は言ってやがる。熱が冷めたらどうなるか見てろってんだ。連中が筋肉って呼んでるもんはよ、みんな脂肪になっちまうんだぜ」と言って、ハットはよく自分を慰めていた。

「あんなおかしな風景、見たことないよ。フィリップ・ストリートの牛乳屋でここんとこやたら目につくんだけどさ、真っ黒な男たちがカウンターにずらりと座って、白い牛乳をごくごく飲んでるんだよ。おまけに、みんながみんな袖なしジャージを着て、腕の太さを自慢してるんだ」とエドスは言った。

三ヶ月ほど経ったころ、袖なしジャージ姿でエドワードは現われた。本当に大男になっていた。

やがてエドワードは、基地で自分のことを追い回している女たちのことを口にしはじめた。

「おれのどこがいいんだかわかんねえけどな」とエドワードは言った。

＊

誰かが「ローカル・タレント・オン・パレード」という番組を作ることを思いついた。するど、「笑わせんなよ。トリニダードにどんな才能《タレント》の持ち主がいるってんだよ?」とエドワードは言った。

初回が放送され、僕たちはみんなエドスの家でそれを聴いた。そのあいだじゅう、エドワードは笑いっぱなしだった。

「それなら、おまえが歌ってみたらどうなんだ?」とハットは言った。

「誰のために歌えってんだよ? トリニダードの連中のためにかよ?」とエドワードは言った。

「連中を喜ばしてやれよ」とハットは言った。

誰もが驚いたことに、エドワードは歌いはじめた。やがて、「エドワードと同じ家にはどうしたって住めねえ。あいつに引っ越してもらわねえとな」とハットが言わざるをえない日がやって来た。

エドワードは引っ越した。けれど、さほど遠くに越したわけではなかった。相変わらずミゲル・ストリートの僕たちが住んでいる側にとどまった。

「上等だぜ。牛のにおいにうんざりしかけてたとこだったからな」と彼は言った。

エドワードは「ローカル・タレント」の番組に出場した。そしてこれまでのいきさつにもかかわらず、僕たちはみんなエドワードが何かしらの賞を取ることを願った。番組はビスケット会社がスポンサーで、一等賞を取るといくらか賞金がもらえたのではなかったか。

「それ以外の連中には、三十一セントの袋入りのビスケットを配ってるのさ」とハットは言った。

　エドワードは袋入りのビスケットをもらった。けれど彼はそれを家に持って帰らなかった。捨ててしまったのだ。

　エドワードは言った。「捨てちまったよ。捨てちまっていけねえのかよ？　いいか、おれが言ったとおりじゃねえか。トリニダードの連中はいいものがわからねえんだ。生まれつきアホなんだ。基地に行きゃ、歌ってくれとおれに頼んでくるアメリカ人がいるんだぜ。やつらは道理ってものを知ってるぜ。こないだも基地で働きながら歌ってたらな、大佐がやって来て、いい声してるなって言うんだ。アメリカに来てくれって頼んできたんだぜ」

「それならなんで行かねえんだよ？」とハットが言った。

「いまに見てろ《ギミー・タイム》よ。行かないかどうか、まあ見とけってんだ」とエドワードは怒って言った。

「あんたを追いかけまわしてる女たちはどうなんだい？　あんたに追いついたのかい、それとも素通りしちまったのかい？」とエドスは言った。

「いいか、おれだって手荒なことはしたくねえんだ。頼むから黙っとけよ」とエドワードは言った。

アメリカ人の友人をひとりでも自分の家に連れてこようものなら、エドワードは僕たちのことなど知らないふりをした。彼がアメリカ風に腕をだらりと伸ばし、アメリカ人といっしょに歩いている姿は滑稽だった。まるでゴリラみたいだった。

「あいつ、アメリカ人連中のご機嫌を取ろうと、稼いだ金をみんなラム・ジンジャーにつぎこんでいやがる」とハットは言った。

ある意味では、僕たちはみんなエドワードがうらやましかったのだと思う。

「アメリカ人のところで仕事を見つけるのなんざ、ちっとも難しかねえよ。ボスがいるのがいやなだけさ。おれは自分自身のボスでいたいからな」とハットは言いはじめた。

エドワードはもう僕たちとはあまりつきあわなくなっていた。

*

ある日、エドワードが悲しげな顔をして僕たちのところにやって来た。「ハット、おれ、結婚しなきゃいけないみたいだぜ」とエドワードは言った。

言葉がトリニダード訛りになっていた。

ハットは心配そうだった。「どうしてだ？　どうしてだよ？　どうして結婚しなきゃいけねえんだ？」

「女にガキができるんだ」

「ちゃんちゃらおかしいこと言うじゃねえか。女にガキができるってだけでみんなが結婚してたら、どえらいことになるぜ。トリニダードの連中みたいにはなりたくねえって言ってたじゃねえか。そんなにアメリカかぶれになっちまったのか？」

エドワードはぴっちりとしたアメリカ風のズボンを引っ張りあげて、アメリカの映画俳優みたいに顔をしかめた。「何もかもわかってるくせによ。今度の女はちがうんだ。たしかに昔、一度や二度女に惚れたこともあったけどよ。今度の女はちがうんだ」

「それだけの女だってことか？」とハットは言った。

「そうさ」とエドワードは言った。

ハットは言った。「エドワード、おまえ、いい大人だろ。おまえはその女と結婚する決心をしたんじゃねえか。どうして、おれにむりやり結婚させられるようなふりをすんだよ？　おまえはもう大人なんだ。あれこれするのに、おれの許可をもらいに来なくたっていいんだぜ」

エドワードが行ってしまうと、ハットは言った。「エドワードがおれのところに来て嘘をつくときにゃ、まるで子どもだからな。あいつ、おれには嘘をつけねえんだ。けど、もしその女と結婚したらよ、あいつ、一生後悔しそうな気がするぜ。まあ、おれはその女には会ってねえけどな」

*

エドワードの奥さんは背が高く、ほっそりとして、白い肌をしていた。顔はとても青白く、いつでも具合が悪いように見えた。一歩前に進むのもやっとといった歩き方だった。エドワードはあれこれと奥さんの世話を焼き、僕たちには一度も紹介してくれなかった。

すぐにストリートの女たちは判断を下した。

「もめごとを起こすように生まれついてるね、あの女は。エドワードも気の毒だね。進んで泥沼に入りこんでるんだから」とモーガン夫人は言った。

「あれは、いまどきの娘の典型よね。一日じゅう働いて帰ってきた夫に、料理も洗濯もあと片づけもやらせようってのよ。知ってることといったら、顔におしろいと口紅を塗って、尻を振りながら外を歩くことくらいのもんね」とバクー夫人は言った。

「それにしても、まじであの女の腹にガキがいるのか？　ちっともそうは見えねえぜ」とハットは言った。

エドワードは僕たちの仲間から完全に外れた。

「あの女のせいで、あいつ、ひでえ目にあってるな」とハットは言った。

そしてある日、ハットは道路ごしに大声でエドワードを呼び止めた。「おい、ちょっとこっちへ来な」

エドワードはとても不機嫌そうだった。「なんか用か？」とトリニダード言葉で訊ねた。

「ガキはどうしたんだ？　いつ生まれるんだよ？」とハットは笑みを浮かべて言った。

「なんでそんなこと知りたいんだよ？」

「甥に関心がないなんて、そんなけったいな伯父になりたくねえからな」

「あいつの腹にはもうガキはいねえんだ」とエドワードは言った。

「すると、そう言われてだまされただけだったのかい？」とエドスは言った。

ハットは言った。「エドワード、おまえ嘘ついてんな。何もかも、はなからおまえのでっちあげだったんだ。あの女の腹にはガキなんていなかった、おまえ、それを知ってたんだろ。腹にガキがいるなんて、あの女は言っちゃいねえんだ。それもおまえはわかってた。結婚したいならそれでいいのに、どうしてそういう嘘をつくんだよ？」

エドワードはとても悲しそうだった。「本当のこと言うとよ、あの女、子どもを産めねえんじゃねえかと思うんだ」

そしてこのニュースがストリートの女たちに伝わったとき、みんなが母さんと同じことを言った。

「ピンク色の肌の人間と青白い肌の人間が子どもを作るなんて、そんなこと、できるもんかい」と母さんは言ったのだ。

証拠はなかったし、エドワードの家は相変わらずアメリカ人たちで騒がしかったけれど、エドワードと奥さんのあいだが必ずしも円満なわけではないことを僕たちは感じ取っていた。

＊

ある金曜日のちょうど暗くなってきたころ、エドワードが僕のところへ駆けこんできて言った。「そんなアホなもん読んでないで、警官を連れてきてくれ」

「警官？　でもどうやって警官を見つけるのさ？」と僕は言った。

「自転車には乗れるか？」とエドワードは言った。

「乗れるよ」と僕は言った。

「自転車ランプはあるか？」とエドワードは言った。

「ないよ」と僕は言った。

「じゃあ自転車を出して、ランプなしで乗ってけ。きっと警官が見つかるぜ」とエドワードは言った。

「それで警官を見つけたら、何て言えばいいのさ？」と僕は言った。

「またあいつが自殺しようとしてるんだ」とエドワードは言った。

自転車でアリアピタ大通り《アベニュー》にさしかかろうかというところで、僕は一人どころか二人の警官に会った。そのうちの一人は巡査部長だった。「おいおまえ、遠出するつもりか？」と彼は言った。

「あなたたちを探しに来たんだよ」と僕は言った。

もう一人の警官は笑った。

その警官に巡査部長は言った。「こいつ、知恵が回るじゃないか、なあ？　判事はこの言い訳がお気に召すと思うぜ。新手の言い訳だ、おれでさえ気に入ったよ」

「すぐ来てよ。エドワードの奥さんがまた自殺しようとしてるんだ」と僕は言った。

「そうかい？　エドワードの奥さんはいつも自殺しようとしてんのか、え？」そう言って巡査部長は笑った。「それで、そのエドワードの奥さんとやらがまた自殺しようとしてるのはどこなんだ？」と彼はつけ加えた。

「ミゲル・ストリートをちょっと入ったところだよ」と僕は言った。

「こいつ、ほんとに知恵が回るな」と巡査のほうが言った。

「そうだな。おれたちはこいつをここに置き去りにして、自殺しようとしてる誰かさんを探しに行くってわけだ。こんな馬鹿げた話はやめな、坊主。おまえの自転車の登録証はどこだ？」と巡査部長は言った。

「嘘なんかついてないって。いっしょに戻って、家を教えるよ」と僕は言った。

エドワードは僕たちを待っていた。「たかが警官を二人呼んでくるのに、えらく時間がかかったな」

警官たちは家のなかにエドワードと入っていった。ちょっとした人だかりが表にできた。

「思ってたとおりね。こんなことになるだろうって、はじめからわかってたのよ」とバクー夫人は言った。

「人生ってわかんないわよね。あの女みたいに子どもができなきゃいいのにって、あたしだったら思うのにさ。子どもができないだけで、自殺しようとする女もいるんだからね」とモーガン夫人は言った。

「あの女が自殺したい理由がそれだって、どうしてわかるんだい？」とエドスは言った。

モーガン夫人は太った肩をすくめた。「ほかに何があるってのさ？」

それからというもの、僕はエドワードに同情しはじめた。ストリートでは誰ひとりとして、エドワードをそっとしておこうとしなかったからだ。アメリカ人のために何度も大きなパーティーを自宅で開いてはいたけれど、エドスが「なあ、なんで奥さんをアメリカへ連れていかないんだい？　アメリカの医者はとにかく利口なんだろう。何だってできるんだろう」と大声で言ったときとか、アリアピタ大通り《アベニュー》のはずれのカリブ海地域医療出張所で、奥さんの血液検査をしてみたらどうか、とバクー夫人に言われたときには、エドワードは気の毒なほど取り乱していた。

エドワードの家のパーティーはますます騒々しく、ますます派手なものになっていった。「どんなパーティーにも終わりってものがあって、みんな家に帰らなきゃいけねえんだ。なのに、エドワードのやつ、自分で自分のことを余計にみじめにしてるだけだぜ」とハットは言った。

たしかに、いくらパーティーをしたところで、エドワードの奥さんはまったく喜んでいなかった。相変わらず体調が悪くていらいらしているようで、エドワードが彼女と口論して声を荒げるのがときどき聞こえるようになっていた。ストリートではおなじみの夫婦げんかとはちがっていた。エドワードは怒っている一方で、おもねっているようでもあった。

「おいらの結婚する女にはあんなことはさせないな。おいらなら一回とことんぶん殴って、竹みたいにまっすぐな心にしてやるのになあ」とエドスは言った。

「エドワードは自業自得だぜ。おまけに馬鹿なことによ、エドワードはあの女にまじで惚れてるって、おれまで信じちまったんだからな」とハットは言った。

ハットやエドスといった大人たちに話しかけられると、エドワードは返事をした。けれど、僕たち子どもに話しかけられると苛立った。殴るぞと脅してくるので、僕たちはエドワードに関わらないようにした。

けれどエドワードが通りかかるたびに、相変わらず馬鹿で肝の座ったボイーは、アメリカ訛りで「どうだい、相棒？」と声をかけるのだった。

エドワードは立ち止まるとボイーを怒りのまなざしで見つめ、それから大声でののしりながら飛びかかっていった。「トリニダードのガキがどうふるまうか見たか？　お仕置きされたいらしいぜ。それしか考えていないらしいぜ、このガキはよ」

ある日、エドワードはボイーをつかまえて、ムチで打ちはじめた。ムチで打たれるたびに、「やめてよ、エドワード」とボイーは大声をあげた。

それがエドワードの怒りに油を注いだ。

やがてハットが駆けつけてきて言った。「エドワード、いますぐそのガキを放しな。さもないとストリートがえらい騒ぎになるぜ。放せっていってんだ。おれはおまえの太い腕なんか怖くねえんだぜ」

ストリートの面々はけんかを仲裁しなくてはいけなかった。

エドワードから逃れると、ボイーは叫んだ。「自分でガキを作って、そいつを殴ったらどうなんだよ?」

「ボイー、おれがいますぐこの場でぶん殴ってやる。エロル、いいムチになる枝を切ってこい」とハットは言った。

*

知らせを告げたのはエドワード自身だった。

「あいつ、おれのところから出ていったんだ」と言った。いかにも何気ない口調だった。

「そいつは大変だったな、エドワード」とエドスは言った。

「なあ、エドワード。だめなことはだめなもんよ」とハットは言った。

エドワードはちゃんと聞いているようには見えなかった。

それでエドスは続けた。「おいらは最初からあの女は気に入らなかったんだ。それに男はさ、ガキのできない女とは結婚しちゃいけないよ……」

「エドス、その軽いおちょぼ口を閉じてろってんだ。それにおまえもだ、ハット。ああだこうだと同情するふりをしやがって。おまえらがどのくらい悲しんでくれてるかはわかってんだ。えらく悲しそうなふりをして、ほんとはおれを笑い物にしてやがる」とエドワードは言った。

「誰が笑ってんだよ？　いいか、エドワード、そうやって八つ当たりすんのはおまえの勝手だぜ。けどな、おれは別にしてくれよ。それにな、女房に逃げられるなんざちっとも珍しくねえや。カリプソ歌いの侵略王も歌ってるじゃねえか。

　満ち足りてもの静かな女房といっしょに暮らしてたのさ
　兵隊がやって来て、おいらの生活をぶちこわすまではさ

おまえが悪いんじゃない。アメリカ人が悪いんだぜ」

「あの女が駆け落ちした相手を知ってるのかい？」とエドスは言った。

「あいつが誰かと駆け落ちしたなんておれが言ったか？」とエドワードは言った。

「いいや、あんたが言ったんじゃないけどさ、そんな気がするんだよ」とエドスは言った。

「そうさ、駆け落ちさ。アメリカの兵隊とな。おまけにおれは、その男にラム酒をしこたま飲ませてやってたんだ」とエドワードは悲しそうに言った。

けれど数日もすると、エドワードは起こったことをあちらこちらで自分から言いふらしていた。「まったく上等だぜ。ガキのできないかみさんなんて、こっちから願い下げだ」

そして、エドワードのアメリカかぶれをもう誰も馬鹿にしなかった。僕たちはみんな、エドワードをもう一度喜んで迎え入れるつもりだったのだと思う。けれどエドワードは、そのことにはさほど関心を示さなかった。ストリートで彼の姿を見ることはめったになかった。働いていないときには、どこかしらに遠出していた。

「愛ってやつだな。あいつ、まじであの女に惚れてたんだ。あの女を探してんだぜ」とハットは言った。

侵略王《ロード・インベーダー》の歌うカリプソでは、歌い手は妻をアメリカ人に横取りされる。お願いだから戻ってきてくれと頼むと、妻はこう言うのだ。

インベーダー、あたし、気持ちが変わったの
あたし、アメリカ人の兵隊といっしょに住んでんの

まさにこのとおりのことが、エドワードの身に起こったのだった。ひどく腹を立てて彼は戻ってきた。絶望していた。「おれ、トリニダードを出るぜ」と彼は言った。

「どこへ行くんだい？　アメリカかい？」

エドワードはすんでのところでエドスを殴るところだった。

「けどよ、たかがひとりの女のことで、どうしてそこまで人生を台無しにしたいんだよ？　おまえのやってること見てるとよ、おまえはまるで、こんな目にあった人類で最初の男みてえじゃねえか」とハットは言った。

けれど、エドワードは耳を貸さなかった。

その月の末、彼は家を売り、トリニダードを離れた。アルバかクラサオに行って、オランダの大手石油会社で働いたのだと思う。

＊

それから数ヶ月後、ハットは言った。「おれが一体何を聞いたと思う？　エドワードの女房がよ、アメリカ人の子どもを産んだんだとよ」

16　ハット

ほんのささいなことでも謎めかして語るのがハットは好きだった。たとえば、ボイーとエロルとの関係がそうだ。あいつらはおれの私生児なんだと、事情を知らない人に言いふらした。ときには、おれの子どもかどうかわかったもんじゃないと言って、同じ時期にエドワードとも同棲していたという女にまつわる、ありそうもない話をでっちあげるのだった。またあるときには、二人は昔の妻とのあいだに生まれた息子たちなんだと言い張った。母親が死の床に子どもたちを呼び寄せ、いい子にしているように約束させたという話を聞いていると、誰もが思わずほろりとしてしまうのだった。

ボイーとエロルが実はハットの甥だということを知ったのは、しばらくしてからだった。サングル・グランデ近辺のひなびた地に住んでいた二人の母親は、死んだ夫のあとを追うようにして亡くなり、それで子どもたちはハットと住むようになったのだ。

ボイーとエロルがハットを敬っている気配はほとんどなかった。おじさんと呼んだことすらなく、ハットと呼び捨てにしていた。その代わり、私生児呼ばわりされてもまったく気にしなかった。それどころか、ハットが自分たちの生い立ちについてどれだけでたらめなことを言っても、そうだそうだと自分たちのほうから肯定するのだった。

僕がはじめてハットの人となりを知ったのは、オーヴァル球技場で行なわれるクリケットの試合に連れていってやろう、と誘われたときだった。すぐに隣近所の子どもたち十一人も連れていくことがわかった。

チケット売り場に整列した僕たちをハットは大声で数えあげた。「大人ひとりと子ども十二人」と彼は告げた。

多くの人が手を止めて、顔を上げた。

「子ども十二人、かね?」と売り場の人は言った。

「そう、十二人ぶん」と、ハットは足元に視線を落として言った。

僕たち十三人の一行がハットを先頭に一列になって、座る場所を探して場内を歩き回っている姿はかなり注目を集めた。

「この子どもたち、みんなあんたのかね」と人々は大声で訊いた。

弱々しくほほえむハットを見て、そうなのだとみんな信じこんだ。僕たちが腰を下ろしたときにも、彼は大声で人数を数えあげるのを忘れなかった。「家に帰って、ひとりいなくなっちまったなんて言ったら、おまえらの母ちゃんに怒鳴りつけられちまうだろ。そんなのまっぴらごめんだからな」とハットは言った。

その日は、トリニダード対ジャマイカの最終戦の最終日だった。トリニダードのジェリー・ゴメスとレン・ハービンが大活躍していた。ゴメスが百五十ランをたたき出すと、ハットは歓喜のあまり小躍りしながら、「白人は神様だぜ、まったく」と叫んだ。

ソフトドリンクの売り子が僕たちの前を通った。

「そのグラスに入っているのはいくらだ？」とハットは訊いた。

「一杯が六セントになります」と売り子は答えた。

「卸売りの値段にしてくれないか。十三人ぶん欲しいんだ」とハットは言った。

「みんな、あなたのお子さんなんですか？」と売り子は訊いた。

「だったら悪いかい」とハットは言った。

売り子は、一杯五セントで売ってくれた。

レン・ハービンが八十九ランになったとき、彼はＬＢＷ（クリケットの打者の反則のひとつ）でアウトとなり、トリニダードチームはイニング切り上げを宣言した。

「LBW？　LBWだと？　どうしてLBWなんだよ。いかさまもいいとこだぜ。おまけに審判はトリニダード人だぞ。まったく、審判までわいろを受け取るご時勢らしいぜ」と、ハットはカンカンだった。

その日の午後、ハットは僕にたくさんのことを教えてくれた。彼の発音を聞いて、僕はクリケット選手の名前の美しさを学んだ。そして何よりも、クリケット観戦の興奮のすべてを教えてくれたのだ。

僕はスコアボードの見方を訊いた。

「左側に出てるのがな、バッティングを終えた打者の名前だ」と彼は言った。

僕はこの言葉をよく覚えている。というのも、打者がアウトになったことを「バッティングを終えた」と言うなんて、とてもすてきな表現だと思ったからだ。

ティータイムのあいだもずっと、ハットは相変わらず興奮していた。誰彼かまわず、ありとあらゆるいかがわしい賭けに巻きこもうとしていたからだ。ドル札を振り回しながら、「ヘドリーのランは二桁台に乗らない。当たれば一シリングが一ドルだ、さあどうだ」とか、「ストールメイヤーが初球をさばくほうに一ドル」とか、大声を張りあげていた。

ティータイムが終わり、審判たちがグラウンドに出てきたとき、男の子がひとり泣きだした。

「なんで泣いてんだよ」とハットは言った。

男の子はしゃくりあげて、口ごもった。

「だから、なんで泣いてんだよ」とハットは言った。

「ミルクでも欲しいんだろうよ」と誰かが大声で言った。

「よし、今日の午後の試合で、ジャマイカチームのウィケットが五回倒れることに、おれは二ドル！　どうだ、乗らないか？」と、ハットはその男に向き直って言った。

「焦っておまえさんのほうが損をするぶんには、おれはいっこうに構わないぜ」とその男は言った。

別の男が賭け金を預かった。

男の子はまだ泣いていた。

「あのな、みなさまがたの前でおれに恥をかかせんじゃねえよ。どうしたいのか、とっとと言ってみな」とハットは言った。

男の子はただ泣くばかりだった。別の子がハットに近寄って耳打ちした。「ちくしょうめ。よりによって選手がグラウンドに出てこようかってときに、なんてこった」とハットは言った。

彼は僕たち全員を立ち上がらせた。僕たちを一列にして場内から連れ出して、オーヴァル球技場のトタン板の塀に向かって整列させた。「よしいいぞ、ションベンはじめ。おいみんな、早いとこ済ましてくれよ」と彼は言った。

その日の午後のクリケットの試合はすばらしかった。あの偉大なるヘドリーを擁するジャマイカチームが、六回もウィケットを奪われ、しかもたった三十一ランに抑えられていた。暮れゆく光のなか、トリニダードの速球投手《ファストボウラー》ティレル・ジョンソンは、手のつけられないほど絶好調で、球はどんどん速くなっていくようだった。

僕たちの左側に陣取っていた太ったおばあさんは、ティレル・ジョンソンに向かって金切り声をあげはじめた。叫ぶのをやめるたびに、「ティレルのことは、子どものころから知ってんのよ。年の割には大きい子だったわ。いっしょに小石を投げてたのよ」と、僕たちのほうを向いてとても静かに言った。それからグラウンドのほうに向き直って、また金切り声をあげはじめるのだった。

ハットは賭けで勝った金を集めた。

やがてわかったことだけれど、勝てそうもない賭けへのこの情熱が、ハットの弱点のひとつだった。特に競馬ではかなりの金をすってしまっていた。けれど大勝ちすることもあり、そんなときにはミゲル・ストリートの僕たちみんなに大盤ぶるまいしてくれた。

ハットほど人生を楽しんでいる人に僕はそれまで会ったことがなかった。新奇なことやはなばなしいことを何かしたというわけではない。それどころか、毎日同じことばかりしていた。けれど、彼はいつでも自分のしていることを楽しんでいた。そしてときどき、とてもありふれたことを、思いもよらない方法でやってみせるのだった。

ハットは、彼の飼い犬に少し似ていた。あんなに人なつっこいシェパードは見たことがない。僕がミゲル・ストリートで気がついたことのひとつに、犬はどこか飼い主に似るものだ、ということがある。ジョージは無愛想でみすぼらしい雑種犬を飼っていたし、トニの犬はすごく狂暴だった。ハットの犬は、僕の知るかぎり、ユーモアのセンスを兼ね備えた唯一のシェパードだった。

そもそもその犬は、シェパードにしてはずいぶん変わっていた。取っておいで、と何かを投げてやるだけで、地球上でもっとも幸福な犬になった。ある日サバンナ公園で、僕はよく茂ったやぶにグアバをひとつ投げこんでやった。犬はグアバを取れず、不満そうにクーンと鼻を鳴らしていた。それが突然向きを変え、大声で吠えながら走って僕の前を通りすぎた。何かあったのかと犬が走っていったほうを見ていると、犬はまたやぶに駆け戻った。何も変わったことはなく、やぶのほうをふたたび見ると、犬は別のグアバをやぶのうしろに運んでいるところだった。

犬を呼ぶと、吠えたり鼻を鳴らしたりしながら走ってきた。

「行っておいで。グアバを取っておいで」と僕は言った。

犬はやぶのところへ駆け戻り、少しのあいだ首を突っこんだり、鼻をくんくん言わせたりしたあと、やぶのうしろへ走り、自分が運んでおいたグアバを取ってきたのだった。

ハットが集めていたきれいな鳥たちが、せめてあのシェパードと同じくらいおとなしければよかったのにと思う。インコとオウムは、短気で怒りっぽいおばあさんそっくりで、誰彼かまわず攻撃した。こういった鳥たちがまわりにいるせいで、ハットの家はときどき危険な場所になった。静かにしゃべっていると突然チクリとした痛みがあって、ふくらはぎをつねられているのに気がつく。決まってインコかオウムの仕業だった。鳥がかみつかないとハットは僕たちに信じさせようとしたけれど、実際はかみついていたことを僕は知っている。

おかしなことに、ハットもエドワードも美との関わりにおいては厄介なところがあった。エドワードには絵に対する情熱があったし、ハットの場合は鋭いくちばしをもったインコがそうだった。

ハットはいつでも警察ともめごとを起こしていた。でも深刻なことは何も起きなかった。あるところで闘鶏をやったかと思えば、別のところで賭けをやり、また別のところで飲んだくれる、といった具合だった。

けれど、ハットが御上《おかみ》を恨むようなことはなかった。それどころか、クリスマスには決まって、郵便配達夫と衛生検査官と連れ立って、チャールズ巡査部長がハットのところに飲みにきた。

「おれだって生活しなきゃならねえからな、ハット。言われなくたっておれにもわかってんだ。もうこれ以上出世しねえってことくらいな。でもよ」とチャールズ巡査部長は言う。

すると、「いいってことよ、巡査部長。おれたちの誰も気にしちゃいねえよ。で、ここんとこ、あんたの子どもたちはどうしてんだい？　エライジャはどうだい？」とハットは言うのだった。

エライジャは利発な男の子だった。

「エライジャか。うん、どうも今年は奨学金がもらえそうだ。おれたちにできるのは、それくらいのもんじゃねえか、え、ハット？　おれたちにできるのは、ただやってみるってことだけよ。それ以上のことはできねえよ」

そして彼らはいつでも、良き友人として別れるのだった。

でも一度だけ、牛乳に水を混ぜたかどで、ハットは大変な目にあった。

「警察の連中がやって来てよ、牛乳に水が入ったのはどういうわけだって訊くんだ。まるでおれが知ってるみたいにだぜ。水がどうして入ったのかなんて知らねえよ。牛乳を冷やしておくために、おれが牛乳入れを水につけておくのは知ってんだろ。容器に穴が開いてたってだけの話だと思うんだよな。ほんの小さな穴がよ」

「判事に正直にその話をしたほうがいいぜ」とエドワードは言った。

「エドワード、おまえ、まるでトリニダードがイギリスみてえなこと言うじゃねえか。トリニダードでよ、本当のこと言っておとがめなしになったやつがいるなんて話、聞いたことがあるか？　トリニダードじゃな、無実であればあるほどムショにぶちこまれちまうんだよ。だからよ、無実なぶんだけわいろをばらまかなきゃいけねえんだ。まずは判事を買収しなきゃいけねえ。連中によ、丸々肥えたレグホンをくれてやらなきゃなんねえし、金も渡さにゃならねえ。それから検査官も買収しねえとな。みんなを買収し終わるころにはよ、おとなしくムショに入ってたほうがまだましになってんだ」

「そりゃそうだ。でもよ、罪を認めちまうわけにもいかないだろ。何か新しい話をでっちあげねえとな」とエドワードは言った。

ハットは二百ドルの罰金を科せられ、判事にさんざんしぼられた。

裁判所から帰ってきたハットは怒り狂っていた。ネクタイとコートを投げ捨てて言った。「まったく、馬鹿げた世の中だぜ。風呂に入る、きれいなシャツを着る、ネクタイを締めてジャケットを着る、靴も磨きあげる。一体全体、何のためだってんだ？　馬鹿な判事の前にのこのこ出ていって、ののしられるためだってのかよ」

ハットの癇癪《かんしゃく》は数日間続いた。

「ヒトラーの野郎、正しいことしたぜ。法律書を全部燃やしちまったんだからな。すっかり全部だぜ。本を山積みにして、いっさいがっさいに火をつけたんだ。それもよ、燃やしちまうだけじゃなくて、燃えるのを見届けたんだからな。ヒトラーは正しかったってことよ。どうして野郎と戦わなきゃいけなかったのか、おれには納得がいかねえや」

「なあハット、あんた、ずいぶんバカなこと言ってるな」とエドスが言った。

「こんなこと言いたかねえよ。言いたかねえさ。でもな、ヒトラーは正しかったんだ。法律書を燃やしたんだからな。全部燃やしちまったんだからよ。こんなこと言いたかねえよ、おれだって」とハットは言った。

それから三ヶ月間、ハットとチャールズ巡査部長は口をきかなかった。傷ついたチャールズ巡査部長は、悪気はなかったということをそれとなく伝えようとしていた。

ある日、僕を呼んで「今晩ハットに会いに行くんだろう」と訊いた。

「行くよ」と僕は答えた。

「昨日は会ったか?」

「会ったよ」

「どうだった?」

「どうって?」

「だからつまりな、あいつ、どんな様子だったんだ? 元気そうだったか? 楽しそうだったか？」

「すごくいらいらしているみたいだったよ」

「そうか」とチャールズ巡査部長は言った。

「大丈夫だよ」と僕は言った。

「おい、やつのところへ行く前にな……」

「なに？」

「なんでもない。いやいや、ちょっと待ってくれ。ハットにな、調子はどうだとおれが訊いてたと言ってくれ」

僕はハットに言った。「今日、チャールズ巡査部長が僕を家に呼びつけてさ、泣きながら僕にしつこく言うんだよ。おれは怒っちゃいないし、牛乳と水の話を警察にしたのはおれじゃないって伝えてくれってさ」

「どの牛乳にどの水の話だってんだよ」とハットは言った。

なんと言えばいいのか、僕にはわからなかった。

「これで、トリニダードがどんな場所になりつつあるかわかるってもんだ。誰かが、おれの牛乳に水が入ってるって言ったわけだ。おれが牛乳に水を入れているところを見たわけでもねえのによ。なのにいまじゃ、どいつもこいつも自分が見てきたような顔をしてしゃべってやがる。みんなが、あの牛乳に入れられたあの水の話をしてるってわけだ」

僕が見たところ、ハットはこの事件さえも楽しんでいた。

*

変わらぬ習慣の持ち主であるハットを僕は尊敬していた。だから、いつもとちがう様子のハットなんて、想像するのも難しかった。僕をクリケットの試合に連れていってくれたとき、ハットは三十五歳で、刑務所に入ったときは四十三歳だったと思う。でも僕にはいつでもまったく変わらないように見えた。

前にも言ったように、ハットの外見はレックス・ハリソンに似ていた。中肉中背で肌は濃い茶色をしていた。少しがにまたで扁平足だった。

ハットは死ぬまでずっと同じことをしながら生きていくんだろうと僕は思っていた。クリケットにサッカーに競馬、朝も昼も新聞を読んで、表に腰を下ろして話しこむ、クリスマス・イブと大みそかには酔っ払って大騒ぎ……。

そのほかのことは、まるで必要としていないかのようだった。自足していて、彼にも女が必要だなんて信じられなかった。ときおりとある界隈に足を運んでいることはもちろん知っていたけれど、女が必要だからというよりは、たちの悪いスリルを楽しむために行くのだろうと思っていた。

そして、あの事件が起こったのだ。あの事件のせいでミゲル・ストリート・クラブは解散となり、ハット自身も昔のハットに戻ることは二度となかった。

ある意味では、エドワードが悪かったのだと思う。ハットがエドワードをどれだけ愛していたか、そしてエドワードが結婚したときにハットがどれだけ傷ついたか、僕たちの誰にもわかっていなかったのだろう。エドワードの奥さんがアメリカ人の兵隊と駆け落ちしたとき、ハットは喜びを隠しきれなかったし、エドワードがアルバに行ってしまうとひどく落胆した。

あるとき、「みんな歳を取るか、ここから出て行っちまうかなんだよな」と彼は言った。

またあるときには、「おれも馬鹿だよな。エドワードやほかの連中みたいに、アメリカ人とひと仕事すりゃよかったんだ」とも言った。

「ここんとこ、ハットは夜になるとしょっちゅう街に行ってるよな」とエドスは言った。

「でも、大人なんだからよ。したいことをして何がいけねえんだよ？」とボイーが言った。

「ああいう男っていいるんだよな。っていうか、男ってみんなああなんだよな。歳を取るのが不安なんだ。若いままでいたいんだよ」とエドスが言った。

僕はエドスに腹が立った。ハットのことをそんなふうには考えたくなかったからだ。けれど最悪だったのは、心のどこかでエドスの言っていることが正しいと思う自分がいて、どうにも気持ちが晴れなかったことだ。

「エドス、あんたの腐った心にはうんざりだよ。その腐ったところをゴミ捨て場にでも捨ててきたらどうなんだい？」と僕は言った。

そしてある日、ハットが女を家に連れてきた。

もうハットといても、心から楽しむことはできなくなった。彼はいまでは責任と義務のある男であり、僕たちにばかりずっとかまっているわけにもいかなくなったのだ。さらにややこしいことに、誰もがその女を無視した。ハット自身でさえそうだった。女のことはけっして口にせず、すべてがいままでどおりだと僕たちに信じてほしいかのようにふるまった。

彼女は薄茶色の肌をしていて、歳は三十ほどだった。いくぶん太り気味で、好きな色は青だった。自分のことをドリーと呼んでいた。ハットの家の窓からぼんやり外を眺めている姿をよく見かけた。彼女は僕たちの誰にも話しかけなかった。それどころか、ハットを家のなかに呼ぶとき以外は、彼女の声をほとんど耳にしなかった。

でもボイーとエロルは、彼女がもたらした変化にまんざらでもなさそうだった。

「女のいる家に住んだのは、おれの覚えているかぎりじゃ、これがはじめてなんだけどよ、ずいぶんちがうもんだぜ。なんて説明していいかわかんねえけど、やっぱりいいもんだな」とボイーは言った。

「だから男は馬鹿だってのさ。エドワードがどうなったか知ってんのに、ハットったら、あんな女と関わりあいになろうってんだからさ」と母さんは言った。

モーガン夫人とバクー夫人は、ドリーをほとんど見たこともなかったのだから、彼女を嫌いになる理由なんてなかったはずだ。けれど二人は、彼女は怠け者の役立たずだということで意見が一致した。

「あのドリーって女は歳取ったマダム、みたいだね、まったく」とモーガン夫人は言った。

ハットがこれまでどおりの生活をしていたから、ドリーなどそもそも存在していないかのようにふるまうのは簡単だった。僕たちは相変わらず、いっしょにいろいろなスポーツを観に行ったり、表に座りこんでしゃべったりしていた。

「ハット、家に入らないの?」とドリーが声高に呼んでも、ハットは返事をしようともしなかった。

三十分ぐらい経ってから、「ハット、家に入るの? 入らないの?」とドリーがまた訊いてきた。

すると、「いま行くぜ」とハットは答えるのだった。

ドリーの生活はどんなものだったのだろう。ハットはほとんどいつでも外にいて、彼女はほとんどいつでも家のなかにいた。家の正面の窓から外を眺めて、大半の時間を過ごしているみたいだった。

まちがいなく、ふたりはストリートでもっとも奇妙なカップルだった。いっしょに外出することはまったくなかった。ふたりが笑っているのを聞いたこともなかった。けんかさえしなかった。

「まるで赤の他人みたいだよな」とエドスは言った。

「どうでもいいよ、そんなこと。あんたらが見てるのは、ここで静かに座ってるハットだけだけどよ、家に入ればちがうんだぜ。ドリーと話しているハットはまるで別人だよ。宝石だってたくさん買ってやってんだぜ」とエロルが言った。

エドスは言った。「ドリーはちょっとマチルダに似てる気がすんだよな。ほら、カリプソに出てくるあの女さ。

マチルダ、マチルダ、
マチルダ、おまえはおれの金を盗って
ベネズエラへ行っちまった

宝石を買ってるだって！　ハットはどうしちゃったんだい？　やることがまるでじじいじゃないか。女はさ、ハットみたいな男に宝石なんかねだったりしないもんだよ。何かほかのものを求めてるのさ」

けれど、はたから見ているかぎりでは、ハットの家に起きた変化は二つだけだった。鳥がみんなかごに入れられたことと、シェパードが鎖につながれ、みじめそうにしていることだけだった。

けれど、誰もハットを相手にドリーの話をしようとはしなかった。きっと、ことのなりゆきがあまりにも思いがけなかったからだと思う。

次に起こったことはもっと意外で、すべての事情がわかるまでにはいくらか時間がかかった。いつの間にかハットがいなくなり、それから噂が流れたのだ。

のちに裁判所で明らかになったのは、こういうことだった。ドリーがハットから逃げ出したのだ。彼からの贈り物を全部持ち逃げしたのは言うまでもない。ハットは彼女のあとを追い、別の男といっしょにいるところを見つけた。ひどいけんかになり、男は逃げ出した。それから、ハットはドリーに怒りをぶちまけた。警察の調書によると、それから彼は警察署に涙ながらに自首したという。「女を殺しました」と言って。

でも、ドリーは死んでいなかった。

僕たちは、その知らせをあたかも死亡通知であるかのように受け取った。一日か二日はとても信じられなかった。

それからというもの、ミゲル・ストリートはすっかり火が消えたようになってしまった。ストリートの面々が、ハットの家の前にある街灯の下で、顔をつき合わせてよもやま話に花を咲かせることもなくなった。クリケットをして、他人の昼寝のじゃまをする者もいなかった。ストリート・クラブは死んだ。

考えてみれば残酷ではあるけれど、僕たちはドリーのことはすっかり忘れてしまい、ハットのことしか頭になかった。ハットが悪いなんて考えるに忍びなかったのだ。僕たちは彼とともに苦しんだ。

裁判所に現われたハットはすっかり変わってしまっていた。ぐっと老けこみ、僕たちにほほえみかけたときも、笑っているのは口元だけだった。それでもおどけてみせる彼を見て、僕たちは笑ったけれど、本当はいまにも泣き出しそうだった。

「事件当夜は暗い夜でしたか」と検察官が訊ねた。

「夜ってのはいつでも暗いもんです」とハットは言った。

ハットの弁護士は、チッタランヤンという小太りの人で、汗臭い茶色のスーツを着ていた。

チッタランヤンは、慈悲についてのポーシャの演説を『ヴェニスの商人』からまくしたてるように引用しはじめた。もしも判事が、「きみの言っていることはどれも興味深いし、いくぶんかは真実でさえあるがね、チッタランヤンくん、きみは裁判所の時間を無駄にしていますぞ」と途中で言わなければ、きっと最後まで引用していたことだろう。

チッタランヤンは、狂おしいまでに情熱的な愛について大演説をぶった。ハットが自己の尊厳を顧りみなかったように、アントニウスだって愛のために帝国を顧りみなかったではないか。ハットの犯罪は、「痴情ゆえの犯罪《クリム・パッショネル》」である。フランスでは——彼はパリに行ったことがあるのを鼻にかけ、知ったかぶりを決めこんでいた——フランスではハットは英雄であろう、女性たちは彼に花冠を授けるであろう……。

「人を絞首台送りにしちまうのは、こういうタイプの弁護士なんだよな」とエドスは言った。

ハットは四年の実刑判決を受けた。

僕たちは、彼に会いにフレデリック・ストリートの刑務所に行った。そこは、刑務所といっても期待はずれだった。塀は明るいクリーム色で、それほど高くもなかった。思いがけないことに、面会者のほとんどはすごく陽気だった。何人かの泣いている女たちを除けば、誰もが談笑していて、パーティーみたいな感じだった。

わざわざ一張羅のスーツを着てきたエドスは、帽子を手にしてあたりを見回すと、「そんな悪くはなさそうなところだね」とハットに言った。

「来週、カレーラに移されるんだ」とハットは言った。

カレーラは、ポート・オブ・スペインから数マイル離れたところにある、刑務所しかない小さな島だった。

「心配するなって。おれのことはよく知ってるだろ。二、三週間もしたら、何か楽なことをさせてもらえるように根回しするさ」とハットは言った。

*

カレナギ海岸やクマナ岬に水浴びに行くたびに、緑がかった水の先にあるカレーラ島に目をやった。島は海から高く突き出ていて、こぎれいなピンク色の建物が見えていた。建物のなかで何が起こっているのかを思い浮かべようとしたけれど、僕の想像力は働かなかった。「ハットはあそこにいて、僕はここにいる。僕がここでハットのことを考えてるって、ハットは知ってるかな」と僕はしばしば考えた。

でも月日が流れるにつれ、僕はますます自分のことだけで手一杯になり、気がつくと何週間もハットのことを忘れていた。そのことを恥じようと思っても無駄だった。ハットがいなくてさびしいと自分がもう思わなくなっているという事実に、僕は直面しなければならなかった。ぼんやりとしているときに、彼が出所するまであとどれくらいかなとふと思うことがたまにあったけれど、本気で気にしているわけではなかった。

ハットが刑務所に入ったとき僕は十五歳で、出所してきたときには十八歳だった。その三年間にいろいろなことが起こった。僕は学校を卒業し、税関で働きはじめた。僕はもう少年ではなかった。金を稼ぐ一人前の男になっていたのだ。

*

ハットの帰還はやや平凡だった。僕たち少年が大人になっていたためだけではなかった。ハットのほうも変わってしまっていた。いくぶん陽気さが消え、会話もなかなか弾まなかった。

彼は知り合いの家をくまなく訪ねて回り、自分の経験談を熱っぽく語った。

母さんは彼にお茶を出した。

ハットは言った。「おれのもくろんだとおりでね。何人かの看守と仲よくなってさ、そのあとどうなったと思う？　裏で二、三本糸を引いてみたら、あらよっ！　見事におれを図書館づきにしてくれたってわけさ。あそこにはでっけえ図書館があってよ。大きな本がいろいろそろってんだよ。タイタス・ホイットが好きそうな感じの場所だな。誰も読みやしねえのによ、まじで本だらけなんだぜ」

僕がハットにタバコを差し出すと、彼は何気なく受け取った。

それから大声で言った。「おいおい、こりゃどういうこった！　おまえ、もういっぱしの大人じゃねえか。おれがムショにぶちこまれたとき、おまえ、まだタバコなんか吸ってなかったのによ。でも、それもいまとなっちゃ、ずいぶん昔の話だな」

「ああ、ずいぶん昔の話だね」と僕は言った。

ずいぶん昔の話。けれど、たった三年しか経っていなかった。その三年のあいだに僕は大人になり、周囲にいる人たちを批判的に見るようになっていた。僕はもう、エドスのようになりたいとは思わなくなっていた。彼はひ弱でやせていた。彼が実は小柄であることに昔は気づいていなかったのだ。タイタス・ホイットは馬鹿で退屈なだけで、少しも面白くなかった。すべてが変わってしまっていた。

ハットが刑務所に入ったとき、僕のなかで何かが死んだのだ。

17　僕がミゲル・ストリートを去ったいきさつ

「ここにいちゃ、おまえのガラは悪くなるばっかだよ。そろそろ島を出ないとね」と母さんは言った。

「でもどこへ行けってのさ？　ベネズエラかい？」と僕は答えた。

「いやいや、ベネズエラはだめだよ。どっかほかのところさ。ベネズエラじゃ、足を踏み入れた途端に刑務所に入れられちまうからね。おまえの性格は知ってるし、ベネズエラもどんなとこだかわかってんだ。だめだね、どこかほかのところにしなきゃ」

「わかったよ。でも、母さんが考えて決めてくれよ」と僕は言った。

「ガネーシュ先生《パンディット》のところへ行って相談してみるよ。父さんの友だちだったからね。とにかく、おまえはここから出なきゃだめだよ。ガラが悪くなりすぎてるよ」と母さんは言った。

母さんの言うとおりだったと思う。自分ではそれと気がつかないうちに、僕は少しばかりガラが悪くなっていた。酒を浴びるように飲んでいたし、そのほかにも問題になりそうなことをいろいろとしでかしていた。酒を飲む習慣は税関で覚えた。ほんのちょっとした口実で酒を没収してしまうからだ。最初のうちは酒のにおいだけで気持ち悪くなっていたけれど、「慣れるんだ。薬だと思って飲めばいい。鼻をつまんで目を閉じりゃ大丈夫さ」と僕は自分に言い聞かせた。そうこうするうちに、僕はいっぱしの酒飲みになり、酒飲みの持つプライドにさいなまれるようにさえなった。

それに、ボイーとエロルが手ほどきをしてくれた街の誘惑があった。僕が働きはじめて間もないある晩、彼らはマリーン広場の近くのとある場所に僕を連れていった。二階へ上がって、緑色の電球がともった、人いきれのする小さな部屋に入った。緑色の照明は、ゼリーのようにどんよりとしていた。部屋には女がたくさんいて、何をするともなくただ待っていた。「下品な言葉厳禁」と大きく書かれていた。

僕たちはバーで一杯やった。ねっとりと甘い酒だった。

「どの女が気に入ったんだ?」とエロルが訊いた。

即座に意味がわかって、嫌悪感に襲われた。僕は部屋を飛び出て家に帰った。少し気分が悪く、少し怖じ気づいていた。「慣れるんだ」と自分に言い聞かせた。

あくる日の晩、僕はまたクラブへ行った。次の日も行った。

僕たちは羽目をはずして大騒ぎしたあと、女たちをマラカス湾に連れていき、持ってきていたラム酒を一晩じゅう飲んだ。

「おまえ、ガラが悪くなりすぎだよ」と母さんは言った。

僕は母さんの言っていることなんてまったく気にしていなかった。ある晩飲みすぎて、二日酔いがまる二日続くまでは。酔いが覚めたとき、もう二度と酒もタバコもやらないと誓った。

「おれが悪いんじゃないや。トリニダードのせいだ。ここじゃ、酒を飲むことくらいしかやることがないじゃないか」と僕は母さんに言った。

二ヶ月ほど経ってから、「来週、いっしょに来てちょうだい。ガネーシュ先生に会いに行くから」と母さんは言った。

ガネーシュ先生は、とっくの昔に神秘主義から足を洗っていた。政界に進出し、たいそう羽振りがよかった。いまではどこかの省庁の大臣になっていた。大英帝国勲章をもらおうと運動していると噂されていた。

僕たちはセント・クレアにある先生のお屋敷に行った。この有力者は、神秘主義を奉じていたときに着ていたドーティやクールタ（裾の長いゆったりしたインドの上着）ではなく、見るからに高そうな背広を着ていた。

彼は母さんをあたたかく迎え入れた。

「できるだけのことはしますよ」と彼は言った。

母さんは感涙にむせびはじめた。

「外国へ行って何を勉強したいのかね」と彼は僕に訊いた。

「正直なところ、勉強なんてちっともしたくないんです。とにかくここを出たい、それだけなんです」と僕は答えた。

「政府はまだそんな奨学金は出せんね。きみが言っているようなことができるのは、大臣くらいのもんだ。だめだめ、何かを勉強するんだ」とガネーシュは笑みを浮かべて言った。

「ちゃんと考えてみたことなんてないんです。ちょっと考えさせてください」と僕は言った。

「いいとも、ちょっと考えてみなさい」とガネーシュは答えた。

母さんは泣きながらガネーシュに礼を言っていた。

「何を勉強したいかわかりました。工学を勉強したいんです」と僕は言った。バクーおじさんのことを考えていたのだ。

「きみが工学の何を知っているというのかね」とガネーシュは笑いながら訊いた。

「いまは何も知りません。でも、がんばれると思うんです」

「おまえ、法律はどうなの？」と母が言った。

チッタランヤンとその茶色のスーツを思い浮かべて、僕は言った。「いや、法律はいやだな」

「奨学金は一種類しか残っていないんだ。薬学なんだがね」とガネーシュは言った。

「でも、薬剤師になんてなりたくありません。白衣を着て、口紅を女の人に売るなんて、そんなのいやです」

ガネーシュは笑みを浮かべた。

「先生、この子の言うことなんて気にしないでください。薬学を勉強しますから」と母さんは取りつくろった。僕には、「がんばれば何だって勉強できるだろ」と言った。

「よく考えてごらん。奨学金をもらえればロンドンへ行くことになる。雪を見て、テムズ川を見て、大きな国会議事堂を見ることになるんだよ」とガネーシュは言った。

「わかりました。薬学を勉強します」と僕は言った。

「先生、ありがとうございます。本当にお礼の申しようもありません」と母さんは言った。

そして泣きながら、二百ドルを数えてガネーシュに差し出した。「先生、たいしたものではないとは承知してますが、これだけしかないんです。これだけでも、貯めるのにはたいそう時間がかかったんです」と母さんは言った。

ガネーシュは金を悲しげに受け取り、「そんなことを気にしてはいけませんな。お礼なんて無理をしない程度でいいんですぞ」と言った。

母さんは泣きつづけ、しまいにはガネーシュも泣きだした。

それを見た母さんは泣きやみ、涙を拭きながら言った。「先生、私は本当に心配なんです。近ごろはあれやこれやでたいそう物入りで、どうやってやりくりしていいのか途方に暮れているんです」

今度はガネーシュが泣きやんだ。母さんはふたたび泣きだした。

このやりとりはしばらく続き、結局ガネーシュが母さんに百ドルを返した。「このお金でお子さんにいい服でも買っておやりなさい」と、肩を震わせてむせび泣きながら彼は言った。

「先生っていい人ですね」と僕は言った。

この言葉に、彼はがらりと態度を変えた。「イギリスから帰ってきて、免許状やらなんやらで箔をつけ、有名な薬剤師として成功したあかつきには、この貸しを返してもらいに行くからな」と彼は言った。

島を出ることになったんだ、と僕はハットに言った。

「何しにだ？　工事現場で働くのか？」と彼は訊いた。

「政府が薬学を勉強する奨学金をくれるんだ」

「おまえ、まんまとしてやったってわけか？」

「僕じゃないよ。母さんさ」と僕は言った。

「そりゃいいや。おいらも薬剤師をひとり知ってるよ。やつんとこのゴミをもう何年も集めてんだけどさ、こいつがとんでもない金持ちなんだよ。札束に埋もれて生活してるんだ」とエドスは言った。

知らせはエリアスの耳にも届き、彼はたいそう腹を立てた。ある晩、僕の家の前まで来て、「わいろだ、わいろだ。どうせ買収したんだろう」と叫んだ。

「わいろだなんだとわめくのは、それも出せないくらいのクソ貧乏人だけじゃないか」と母さんは怒鳴り返した。

一ヶ月もすると、出発の準備はすべて整った。トリニダード政府は、ニューヨークのブリティッシュ・カウンシルに僕に関する手紙を出した。ブリティッシュ・カウンシルが僕の素性を知る必要があったのだ。政府を武力転覆させませんと僕に誓わせたあとで、アメリカ人はビザを発行してくれた。

出発の前夜、母さんはささやかなパーティーを催した。どこかお通夜のような雰囲気だった。みんなは悲しげな面持ちでやって来て、おまえがいなくなるとずいぶんさびしくなるよと言ったあとは、僕のことなどすっかり忘れて飲み食いに興じた。

ローラは僕の頰にキスをして、聖者クリストファーのメダルをくれた。首にかけてちょうだいね、と言った。そうするよと約束して、僕はメダルをポケットにしまった。そのあとメダルがどうなったかは覚えていない。バクー夫人は、特別にお清めをしたという六ペニー硬貨をくれた。見かけはふつうの六ペニー硬貨とまったく同じだったから、ほかのといっしょに使ってしまったのだと思う。タイタス・ホイットはすべてを水に流し、エブリマン版のテニソン集の第二巻をくれた。エドスは財布をくれて、ほとんど新品と変わらないんだぜ、と言い張った。ボイーとエロルは何もくれなかった。ハットはタバコを一箱くれた。「おまえがもうタバコは吸わねえってのはわかってんだ。でもな、万が一気が変わったときのためだ。取っといてくれ」と言った。おかげで僕はまたタバコを吸いはじめることになった。

バクーおじさんはバンを夜通し修理していた。そのバンで翌朝空港に行くことになっていたのだ。僕はときおり外に出て、あまり根を詰めないでと頼んだ。キャブレターの調子が悪いと思うんだ、とおじさんは言った。

翌朝もバクーおじさんは早くから起き出して、また修理にとりかかっていた。八時に出発する予定だったのに、おじさんは十時になってもまだいじっていた。母さんは慌てふためき、バクー夫人の苛立ちはつのるばかりだった。

バクーおじさんは車の下にもぐり、『ラーマーヤナ』の一節を口ずさんでいた。やがて這い出してきて、笑いながら言った。「心配になってきたんだろう、ちがうか」

ようやく準備はすべて整った。バクーはエンジンにはほとんど手をつけていなかったから、まだ車はきちんと動いた。荷物がバンに積まれ、これが最後のつもりで僕は家を出ようとした。

「待って」と母さんが言った。

母さんは門の中央に、ミルクを入れた真鍮の瓶を置いた。

どうしてそういうことになったのか、いまだに僕にはわからない。門は車が入れるくらい広く、道の中央に置かれていた瓶は、直径が四インチほどしかなかった。僕は瓶からかなり離れて、門の端を歩いていると思っていた。にもかかわらず、瓶をけとばしていた。

母さんはうなだれた。

「悪い前触れかい？」と僕は訊いた。

母さんは答えなかった。

バクーがクラクションを鳴らしていた。

僕たちはバンに乗りこんだ。おじさんは、ミゲル・ストリート、ライトソン・ロードを抜けて南波止場《サウス・キー》へと車を走らせた。僕は窓の外を見なかった。

母さんは泣いていた。「もうミゲル・ストリートではおまえに会えないんだね」と言った。

「どうしてさ、ミルクの瓶をけとばしたから?」と僕は言った。

母さんは答えなかった。取り返しもつかないのに、こぼれたミルクのことでまだ泣いていた。

ポート・オブ・スペインとその郊外を過ぎてから、ようやく僕は外を眺めた。よく晴れた暑い日だった。男も女も稲田で働いていた。道端の給水塔の下で、子どもたちが水浴びをしていた。

ピアルコにはずいぶん早く着いた。このときになって、奨学金なんてもらわなければよかったと後悔しはじめた。空港のラウンジに入ると、気後れを感じた。太ったアメリカ人たちが、見たこともないような飲み物をバーで飲んでいた。サングラスをかけていかにも高慢そうなアメリカ人の女たちは、口を開けばやかましかった。彼らの誰もが大金持ちで、ゆうゆうとくつろいでいるように見えた。

やがて、スペイン語と英語でアナウンスがあった。二〇六便は六時間遅れるとのことだった。

「ポート・オブ・スペインに戻ろう」と僕は母さんに言った。

どうせすぐにラウンジであの連中といっしょになるのだから、せめてその瞬間を先延ばしにしたかったのだ。

ミゲル・ストリートに戻って最初に見かけた人はハットだった。新聞を小脇に抱えて、いかにも扁平足の足取りでカフェから戻ってくるところだった。僕は手を振って大声で呼びかけた。

けれどハットは、「いまごろは飛行機に乗ってると思ってたぞ」と言っただけだった。

僕はがっかりした。ハットのそっけない応対にだけではない。僕がいなくなり、二度と戻ってこないはずだったというのに、僕の不在を示すものは何ひとつなく、すべてが以前と同じだったからだ。

門のところに倒れていた真鍮の瓶を見て、僕は母さんに言った。「これって、僕が二度と帰って来ないって意味だったんだよね？」

母さんはうれしそうに笑った。

そういうわけで、母さん、バクーおじさん、バクー夫人といっしょに、僕は最後の昼食を家で食べた。それから、飛行機が待っているピアルコへと暑い道を戻っていった。税関の役人のひとりは顔見知りで、僕の荷物を検査しなかった。

搭乗のアナウンスが淡々と流れた。

僕は母さんを抱きしめた。

「バクーおじさん、言いたくなかったんだけどさ、タペットが音を立ててた気がするんだ」とおじさんに言った。

おじさんの目は輝いた。

僕はみんなを残し、飛行機へさっそうと歩いていった。うしろを振り返ることなく、目の前にある僕自身の影だけを見つめながら。アスファルトの上で踊っている小人のような影だけを。

訳者あとがき

『ミゲル・ストリート』は、ノーベル文学賞作家V・S・ナイポールの事実上のデビュー作にあたる作品である。

物語の舞台となっているのは、一九四〇年代、まだイギリスの植民地だった、カリブ海はトリニダード・トバゴの街ポート・オブ・スペインだ。アメリカ軍の基地が作られ、そして戦後に撤収されることからも分かるように、第二次世界大戦はその影を落としてはいるものの、世界のそうした激動はなんだか他人事のように感じられている、小さな島の小さな一角ミゲル・ストリート。毎日同じことを飽きもせずにくりかえしている人がいて、ガリ勉少年の試験答案が「本国」イギリスに送られることには、感嘆の声が一斉にあがる。どこかのんびりとしている場所だ。と同時に、口は悪くても相手の心の痛みが分かっていたり、女性たちが交代で赤ん坊の面倒をみていたりと、かなりしっかりとした仲間意識が息づいている。そんなストリートで、彼らなりの人生を懸命に生きている個性的な住人たちと、彼らに感受性豊かに反応しながら成長していく主人公とを、連作短編のかたちで実に魅力的に描きだすことで、若きナイポールは作家としての本格的な出発を成し遂げたのだった。

V・S・ナイポール(Vidiadhar Surajprasad Naipaul)は、一九三二年に、植民地下のトリニダード・トバゴに生まれる。歴史をごく大雑把にふりかえってみると、イギリスをはじめとするヨーロッパの国々が、近代の初期からカリブ海地域を奪いあうようにして植民地化した理由のひとつは、そこがサトウキビの栽培に適していたことだった——ヨーロッパで人々が楽しみはじめた砂糖を作るために、サトウキビの需要は時とともにますます高まっていく。

当初、サトウキビのプランテーション栽培に必要な労働力として「輸入」されたのは、アフリカ人の奴隷だった。ところが、一八世紀後半から奴隷制度を批判する声が徐々に高まり、一八三八年にイギリスは植民地における奴隷を全面的に解放することになる。その結果、労働力不足に悩まされることになったイギリス領カリブ海地域は、新たな労働者をほかの植民地——特にインド——に探し求めた。こうした歴史的経緯があって、トリニダードのサトウキビ農園で年季契約労働者として働くために、ナイポールの祖父は一九世紀末にはるばるインドから移住してきたのだった。西インドの(東)インド人というナイポールの出自は、イギリスの植民地の歴史と切っても切り離せない関係にある。ジャーナリストとして生計を立ててはいたものの、本当は作家になりたかった父親の影響を受けて、ナイポールも早くから文学を志すようになる。学業優秀だった彼は政府の奨学金を得て、一九五〇年にイギリスのオックスフォード大学に入学する。おりしもイギリスは、戦後復興に必要な労働力を植民地から大量に受け入れはじめていたが、こうして「本国」に移動した人々のなかには、バルバドスのジョージ・ラミング(一九二七年—)や、トリニダードのサミュエル・セルボン(一九二三—一九九四年)といった作家たちもいた。奨学金を受けるエリートだったナイポールは、のちにポストコロニアル文学と呼ばれるようになる作品を生み出していくこうした作家たちと、微妙な緊張をはらんだ関係を結んでいくことになる。

大学を卒業したナイポールはその後もイギリスにとどまり、やがて一九五七年に、『神秘な指圧師』(*The Mystic Masseur* 邦訳 永川玲二・大工原彌太郎訳、草思社、二〇〇二年)で作家としてのデビューを果たす。その後、本書『ミゲル・ストリート』(一九五九年)を含む、故郷トリニダードをコミカルに描いたいくつかの作品で、着実にその評判を高めていく。一九六一年には、初期作品の代表作であり彼の最高傑作とも言われる、『ビスワス氏の家』(*A House for Mr Biswas* 未訳)を発表し、作家としての地位を不動のものにした。

ところが、その次の作品『中間航路』(*The Middle Passage* 一九六二年、未訳)において、ナイポールの文学は大きな転換点を迎えることになる。この作品はナイポールがはじめて手がけた旅行記なのだが、そのなかで彼は、独立を控えたカリブ海地域の政治的・文化的「未熟さ」をつぶさに観察し、容赦なく批判したのだった。「歴史とは偉業と創造を中心として形成されるものだが、西インドではなにも創造されてこなかった」と彼は言い放つ。そしてこれ以降のナイポールは、インドやアフリカといったいわゆる第三世界が、独立以後どのような混乱を経験しているのか、そうした混乱に人々がいかに翻弄されているのかを、小説でも、そしてますます力を入れていくことになる紀行文でも、描きつづけていくことになる。

切れ味の鋭い文体で描かれたこれらの中期以降の作品は、混乱する非西洋世界に対する、権威ある文化的コメンテーターとしてのナイポールの地位を確立すると同時に、彼の文学的名声をさらに強固なものにしていく。一九七一年には『自由の国で』(*In a Free State* 邦訳 安引宏訳、草思社、二〇〇七年)でブッカー賞を受賞、一九九〇年にはイギリス政府からナイトの称号を授与されるなど、時とともにその評判はいよいよ高まり、ついに二〇〇一年にはノーベル文学賞を受けたのだった。

しかし、このような高い評価がある一方で、ナイポールを厳しく批判する声も数多く聞かれる。二〇世紀後半の旧植民地地域においては、政治的な独立の達成にくわえて、真の意味での文化的独立をどのようにして成し遂げていくのか、そして、そうした新しい価値観に基づいて、よりよい社会をどのように作っていくかが大きな課題となる。世界各地のポストコロニアル文学の担い手たちは、作品を通じてこの課題に真摯に取り組んできた。そうした作家たちと比べてみると、あたかも脱植民地化の流れにあらがうかのように、非西洋社会の「未熟さ」を批判しつづけたナイポールは、あまりにも安易に西洋中心主義に迎合しているようにも見えてしまうのだ。二〇一八年の死去を受けて、ナイポールの再評価がこれから本格的に行われることになるだろうが、彼の文学は今後も読者の意見を大きく二分しつづけていくのかもしれない。

ナイポールのこのような生涯、そして彼の文学に対する現時点での一般的な評価を踏まえたうえで、『ミゲル・ストリート』についてすこし考えてみよう。

まず留意しておきたいのは、『ミゲル・ストリート』はナイポールが最初に書き上げた作品であるということだ。『ミゲル・ストリート』の原稿を読んだ出版社アンドレ・ドイチュは、作品を評価はしたものの、無名の作家による、しかもジャンル上の評価が高くはない連作短編集を出版することをためらい、まず中長編小説を書くようにとナイポールにアドバイスした。その結果、『神秘な指圧師』が先に出版されたのだが、執筆順序では『ミゲル・ストリート』が先である。その意味でこの作品は、作家ナイポールの長い経歴の原点に位置していることになる。

こうした事情もあって、『ミゲル・ストリート』はナイポールのその後の作品とはずいぶんカラーがちがっているように感じられる。なるほど、ここに描かれるポート・オブ・スペインは、見方によってはかなり悲しい場所だ。多かれ少なかれ風変わりな登場人物たちは、それぞれの夢や幸せを実現することはできない。彼らにできるのは、先の見通しもなくミゲル・ストリートを去るか、あるいは「トリニダードで何が期待できるってんだよ?」とグチりながら日々をやり過ごすか、それくらいのものだ。文化的な閉塞感に対する苛立ちは、しばしば女性への暴力となって爆発する。

こうした環境の呪縛から逃れられるのは、物語の最後にイギリスに赴く機会を手にする、どこかナイポール本人を思わせる主人公だけだ。しかも、彼の離郷はある意味では決定的なものだ。子ども時代の彼は、ほかの登場人物たちと同様にカリブ海英語――本書では、悩みに悩んだ末、やや荒っぽい感じの日本語に訳すように努めた――を使っているのに対し、大人になった語り手としては標準英語を使っている点に、そのことがうかがえる。地理的にも言語的にも、彼がカリブ海英語の世界に戻ることはない。その点でこの作品は、非西洋世界には文化的達成などありはしないと決めつけてはばからない、中期以降のナイポールをいくぶんか先取りしていると言えなくもない。

しかしその一方で、子ども時代の主人公が、ミゲル・ストリートの住人たちに実に生き生きと反応していることも見落とすべきではないだろう。彼は「名前のないモノ」を作りつづける大工ポポに魅了され、「世界でいちばんすばらしい詩」を書こうとしているB・ワーズワースを心から慕う。そしてこの自称詩人から、「どんなことにでも泣ける」という「詩人」としての資質を学びとったように、それぞれの登場人物の挫折や悲しみから大切ななにかを学ぶことで、主人公は大人に、そして語り手＝作家になっていくのだ。たとえカリブ海英語を再び使うことはなくても、彼の気持ちはいまでもストリートの住人たちに寄り添っている。そのためだろうか、トリニダード時代を回想する語り手のまなざしは、いくぶん皮肉でありながらもどこか温かい。

中期以降のナイポールとはかなり異なるこうした作風には、彼がこの作品を書いていたときの状況がおそらく影響を与えている。作家として一本立ちできるかどうか大きな不安を抱えつつ、物語の魔法が続くことを祈るようにしてこの作品を書きはじめたときのことは、『中心の発見』(*Finding the Centre* 一九八四年、邦訳 栂正行・山本伸訳、草思社、二〇〇三年)に収録されている、エッセイ「自伝へのプロローグ」に詳しく述べられている。当時のナイポールは、イギリスBBCのラジオ部門に勤めるパートタイムの編集作家として、いまでは伝説的な番組「カリブの声」(Caribbean Voices)に関わっていた。カリブ海地域の植民地に向けて、「本国」から週一回放送されていたこのラジオ文芸番組では、カリブ海地域から、あるいはすでにイギリスに到着していた移民作家たちから募集した作品が、選考を経たうえで朗読されていた。作家には貴重な作品発表の機会を、そしてラジオの前のリスナーにはそれらに触れる機会を提供することで、「カリブの声」は英語圏カリブ海ポストコロニアル文学の確立に貢献したと言われている。

『ミゲル・ストリート』は、ナイポールがこの番組の二代目の編集者兼司会者を務めていた時期に執筆されている。しかも、作品中の「B・ワーズワース」と「機械いじりの天才」は、「カリブの声」で読まれてもいるのだ。つまり『ミゲル・ストリート』は、少なくともある程度は、カリブ海にいた人々をオーディエンスとして想定しながら書かれていることになる。のちのナイポールは、トリニダードの人々になど私の文学が理解できるはずもない、という趣旨のことを言うようになる。しかし、彼の文学の登場人物たちと同じ程度に、いやもしかするとそれ以上に、植民地そして脱植民地化の歴史に翻弄されたようにも見えるこの作家は、部分的には「故郷」カリブ海の人々に向けた作品を書くことで出発したのだ。

だからこそこの作品は、ナイポールのあとに出てくるポストコロニアル文学の担い手たちの心に届いたのかもしれない。英領ギアナ出身で、現在はイギリスに住んでいる作家デイビッド・ダビディーンは、少年時代に『ミゲル・ストリート』を読んだときの感銘についてこう回想している。「この作品は、私の、いや私たちみんなについての物語だった。何かを成し遂げようとあがくものの失敗するところが、おかしくも切なかった。そうした失敗は、ターザン映画に出てくるアフリカ人のように気を滅入らせるものではなく、私たちにも野心と謙虚さがあることを示してくれていて、心に響いた。ちっぽけな私たちにも、人間的なところがあったのだ」(David Dabydeen, “West Indian Writers in

Britain," *Voices of the Crossing: The Impact of Britain on Writers from Asia, the Caribbean and Africa* 二〇〇〇年、未訳)。

ポストコロニアル文学の初期の目標のひとつは、植民地支配を受けていた人々が、植民地化の歴史のなかで抑圧されていた自らの声や物語、そして文化的な自信とプライドを取り戻すことにあった。だとすれば、『ミゲル・ストリート』はある程度この目標を達成していたと言えるだろう。たとえ、はた目には経済的にも文化的にも貧しい「辺境」の植民地に見えようとも、「そこに住んでいる僕たちにとっては、ストリートはひとつの世界であり、一人ひとりがほかの誰ともまったくちがっていた」ことを、生き生きと伝えてくれているのだから。そう、作家ナイポールの出発点にある『ミゲル・ストリート』は、発表から六〇年経ったいまでも、とても魅力的な作品なのだ。この翻訳が、読者のみなさんがナイポールの文学に、そしてポストコロニアル文学のほかの作品に向かうひとつのきっかけになれば、訳者の一人としてはこれほど嬉しいことはない。

今回『ミゲル・ストリート』を文庫化するにあたっては、共訳者の小野正嗣とともに、二〇〇五年に出版された単行本の訳文を見直し、ある程度手を入れた。翻訳にさいしては、二〇〇二年に出たピカドール版を基本的には使用した。牧野伊三夫さんには、単行本用に描いていただいた画を文庫本にも使用することを快くご承諾いただいた。クリケットについては、森本洋平さんにご教示いただいた。校正を担当していただいた吉野志枝さんには、新旧の訳文の未熟なところを実に正確にご指摘いただいた。そして今度の文庫化にさいしては、単行本出版時と同様、いやそれ以上に、岩波書店の古川義子さんから、訳者が編集者に通常期待しうるよりもはるかに多大なサポートをいただいた。そのほか、訳者には見えないところでこの本に携わっていただいた方々に、この場を借りて心からお礼を申し上げたい。みなさん、本当にどうもありがとうございました。

二〇一九年三月

訳者の一人として　小沢自然

ミゲル・ストリート　V. S. ナイポール作

2019年4月16日　第1刷発行

訳 者　小沢自然《おざわしぜん》　小野正嗣《おのまさつぐ》

発行者　岡 本　厚

発行所　株式会社 岩波書店
〒101-8002 東京都千代田区一ツ橋 2-5-5
案内 03-5210-4000　営業部 03-5210-4111
文庫編集部 03-5210-4051
https://www.iwanami.co.jp/

印刷・理想社　カバー・精興社　製本・中永製本

ISBN 978-4-00-328201-4　　Printed in Japan

読書子に寄す

――岩波文庫発刊に際して――

岩波茂雄

真理は万人によって求められることを自ら欲し、芸術は万人によって愛されることを自ら望む。かつては民を愚昧ならしめるために学芸が最も狭き堂宇に閉鎖されたことがあった。今や知識と美とを特権階級の独占より奪い返すことはつねに進取的なる民衆の切実なる要求である。岩波文庫はこの要求に応じそれに励まされて生まれた。それは生命ある不朽の書を少数者の書斎と研究室とより解放して街頭にくまなく立たしめ民衆に伍せしめるであろう。近時大量生産予約出版の流行を見る。その広告宣伝の狂態はしばらくおくも、後代にのこすと誇称する全集がその編集に万全の用意をなしたるか。千古の典籍の翻訳企図に敬虔の態度を欠かざりしか。さらに分売を許さず読者を繋縛して数十冊を強うるがごとき、はたしてその揚言する学芸解放のゆえんなりや。吾人は天下の名士の声に和してこれを推挙するに躊躇するものである。このときにあたって、岩波書店は自己の責務のいよいよ重大なるを思い、従来の方針の徹底を期するため、すでに十数年以前より志して来た計画を慎重審議この際断然実行することにした。吾人は範をかのレクラム文庫にとり、古今東西にわたって文芸・哲学・社会科学・自然科学等種類のいかんを問わず、いやしくも万人の必読すべき真に古典的価値ある書をきわめて簡易なる形式において逐次刊行し、あらゆる人間に須要なる生活向上の資料、生活批判の原理を提供せんと欲する。この文庫は予約出版の方法を排したるがゆえに、読者は自己の欲する時に自己の欲する書物を各個に自由に選択することができる。携帯に便にして価格の低きを最主とするがゆえに、外観を顧みざるも内容に至っては厳選最も力を尽くし、従来の岩波出版物の特色をますます発揮せしめようとする。この計画たるや世間の一時の投機的なるものと異なり、永遠の事業として吾人は微力を傾倒し、あらゆる犠牲を忍んで今後永久に継続発展せしめ、もって文庫の使命を遺憾なく果たさしめることを期する。芸術を愛し知識を求むる士の自ら進んでこの挙に参加し、希望と忠言とを寄せられることは吾人の熱望するところである。その性質上経済的には最も困難多きこの事業にあえて当たらんとする吾人の志を諒として、その達成のため世の読書子とのうるわしき共同を期待する。

昭和二年七月

《南北ヨーロッパ他文学》〔赤〕

ダンテ 神曲 全三冊　山川丙三郎訳
ダンテ 新生　山川丙三郎訳
抜目のない未亡人　ゴルドーニ 平川祐弘訳
珈琲店・恋人たち　ゴルドーニ 平川祐弘訳
夢のなかの夢　タブッキ 和田忠彦訳
ルネッサンス巷談集　フランコ・サケッティ 杉浦明平訳
カルヴィーノ イタリア民話集 全二冊　河島英昭編訳
むずかしい愛　カルヴィーノ 和田忠彦訳
パロマー　カルヴィーノ 和田忠彦訳
カルヴィーノ アメリカ講義 —新たな千年紀のための六つのメモ　米川良夫・和田忠彦訳
まっぷたつの子爵　カルヴィーノ 河島英昭訳
愛神の戯れ —牧歌劇『アミンタ』　トルクァート・タッソ 鷲平京子訳
タッソ エルサレム解放　A・ジュリアーニ編 鷲平京子訳
わが秘密　ペトラルカ 近藤恒一訳
ペトラルカ 無知について　近藤恒一訳
無関心な人びと 全二冊　モラーヴィア 河島英昭訳

流刑　パヴェーゼ 河島英昭訳
祭の夜　パヴェーゼ 河島英昭訳
月と篝火　パヴェーゼ 河島英昭訳
シチリアでの会話　ヴィットリーニ 鷲平京子訳
ウンベルト・エーコ 小説の森散策　和田忠彦訳
バウドリーノ 全二冊　ウンベルト・エーコ 堤康徳訳
タタール人の砂漠　ブッツァーティ 脇功訳
七人の使者・神を見た犬 他十三篇　ブッツァーティ 脇功訳
ラサリーリョ・デ・トルメスの生涯　会田由訳
ドン・キホーテ 前篇 全三冊　セルバンテス 牛島信明訳
ドン・キホーテ 後篇 全三冊　セルバンテス 牛島信明訳
セルバンテス短篇集　牛島信明編訳
人の世は夢・サラメアの村長　カルデロン 高橋正武訳
恐ろしき媒　ホセ・エチェガライ 永田寛定訳
作り上げた利害　ベナベンテ 永田寛定訳
エスピノーサ スペイン民話集　三原幸久編訳
エル・シードの歌　長南実訳

娘たちの空返事 他一篇　モラティン 佐竹謙一訳
プラテーロとわたし　J・R・ヒメーネス 長南実訳
オルメードの騎士　ロペ・デ・ベガ 長南実訳
父の死に寄せる詩　ホルヘ・マンリーケ 佐竹謙一訳
サラマンカの学生 他六篇　エスプロンセーダ 佐竹謙一訳
セビーリャの色事師と石の招客 他一篇　ティルソ・デ・モリーナ 佐竹謙一訳
ティラン・ロ・ブラン 全四冊　J・マルトゥレイ M・J・ダ・ガルバ 田澤耕訳
完訳 アンデルセン童話集 全七冊　大畑末吉訳
即興詩人 全二冊　アンデルセン 大畑末吉訳
絵のない絵本　アンデルセン 大畑末吉訳
ヴィクトリア　クヌート・ハムスン 冨原眞弓訳
フィンランド叙事詩 カレワラ 全二冊　リョンロット編 小泉保訳
イプセン 人形の家　原千代海訳
イプセン ヘッダ・ガーブレル　原千代海訳
ポルトガリヤの皇帝さん　ラーゲルレーヴ イシガ オサム訳
アミエルの日記 全四冊　河野与一訳
スイスのロビンソン 全二冊　ウィース 宇多五郎訳

クオ・ワディス 全三冊　シェンキェーヴィチ　木村彰一訳
おばあさん　ニェムツォヴァー　栗栖継訳
兵士シュヴェイクの冒険 全四冊　ハシェク　栗栖継訳
山椒魚戦争　カレル・チャペック　栗栖継訳
ロボット（R・U・R）　チャペック　千野栄一訳
絞首台からのレポート　ユリウス・フチーク　栗栖継訳
尼僧ヨアンナ　イヴァシュキェヴィッチ　関口時正訳
灰とダイヤモンド 全二冊　アンジェイェフスキ　川上洸訳
牛乳屋テヴィエ　ショレム・アレイヘム　西成彦訳
冗談　ミラン・クンデラ　西永良成訳
小説の技法　ミラン・クンデラ　西永良成訳
ルバイヤート　オマル・ハイヤーム　小川亮作訳
中世騎士物語　ブルフィンチ　野上弥生子訳
コルタサル短篇集 悪魔の涎・追い求める男 他八篇　木村榮一訳
遊戯の終わり　コルタサル　木村榮一訳
ペドロ・パラモ　ファン・ルルフォ　杉山晃・増田義郎訳
伝奇集　J・L・ボルヘス　鼓直訳

創造者　J・L・ボルヘス　鼓直訳
続審問　J・L・ボルヘス　中村健二訳
七つの夜　J・L・ボルヘス　野谷文昭訳
詩という仕事について　J・L・ボルヘス　鼓直訳
汚辱の世界史　J・L・ボルヘス　中村健二訳
ブロディーの報告書　J・L・ボルヘス　鼓直訳
アレフ　J・L・ボルヘス　鼓直訳
語るボルヘス —書物・不死性・時間ほか　J・L・ボルヘス　木村榮一訳
グアテマラ伝説集　M・A・アストゥリアス　牛島信明訳
緑の家 全二冊　バルガス＝リョサ　木村榮一訳
密林の語り部　バルガス＝リョサ　西村英一郎訳
弓と竪琴　オクタビオ・パス　牛島信明訳
失われた足跡　カルペンティエル　牛島信明訳
アフリカ農場物語 全二冊　オリーヴ・シュライナー　大井真理子・都築忠七訳
やし酒飲み　エイモス・チュツオーラ　土屋哲訳
薬草まじない　エイモス・チュツオーラ　土屋哲訳
ジャンプ 他十一篇　ナディン・ゴーディマ　柳沢由実子訳

マイケル・K　J・M・クッツェー　くぼたのぞみ訳

岩波文庫の最新刊